安化县梅山文化研究会

《梅山文化系列丛书》编委会

主　　编：黄　瑛
编　　委：李　翔　李子升　陈飞虎　李晓明　李定新
　　　　　廖建和　陈可立　夏庆之　欧阳建安　蒋建祥
　　　　　吴建华　向亮晶　张青娥　李　亮　熊佑平
　　　　　熊吉秋
本书编者：陈可立　熊吉秋

安化县梅山文化研究会
梅山文化系列丛书

梅山故事

主编 黄瑛

陈可立 熊吉秋 编

沈阳出版发行集团
沈阳出版社

图书在版编目(CIP)数据

梅山故事/陈可立，熊吉秋编. -- 沈阳：沈阳出版社，2019.11（2022.1重印）
（梅山文化系列丛书）
ISBN 978-7-5716-0529-2

Ⅰ.①梅… Ⅱ.①陈…②熊… Ⅲ.①民间故事-作品集-湖南 Ⅳ.①I277.3

中国版本图书馆 CIP 数据核字（2019）第 239215 号

出版发行:沈阳出版发行集团 | 沈阳出版社
（地址:沈阳市沈河区南翰林路 10 号　邮编:110011）

网　　　址	http://www.sycbs.com
印　　　刷	长沙市精宏印务有限公司
幅面尺寸	170mm×240mm
印　　　张	14 印张
字　　　数	250 千字
出版时间	2019 年 11 月第 1 版
印刷时间	2022 年 1 月第 2 次印刷
选题策划	张晓薇
责任编辑	杨敏成
封面设计	潇湘悦读文化研究会
责任校对	张　晶
责任监印	杨　旭

| 书　　　号 | ISBN 978-7-5716-0529-2 |
| 定　　　价 | 58.00 元 |

联系电话:024-24112447
E - mail:sy24112447@163.com

本书若有印装质量问题，影响阅读，请与出版社联系调换。

《梅山文化系列丛书》总序

黄 瑛

我出生在洞庭湖畔，自小对水有一种特别的依恋之情，而对山和山中的一切感知甚少。当我来到安化山区工作，面对那一座座伟岸高耸的大山不禁惊叹不已。后来初步了解了当地充满神秘色彩的梅山文化，更是油然而生敬意！

安化置县千载，是块古老而神奇的土地。生活在这块土地上的先民及世世代代的梅山子民，在悠长的历史长河中，用自己的智慧和勤劳创造了一种古老而神秘的文化。这种闪耀着灿烂光芒的历史文化就是梅山文化。

梅山文化，是中华传统文化中一朵独特的奇葩。只是因"旧不与中国通"，因而"养在深闺人未识"。古老而神秘的梅山安化，它积淀着梅山子民最深沉的精神追求，代表着梅山地区独特的精神标识，是梅山人民生生不息、发展壮大的丰厚的文化滋养。近30年来，有众多学者对梅山文化开展了广泛研究探讨，先后在新邵、安化和隆回等地召开了5次全国性梅山文化学术研讨会。中外学者、专家完成了数以百计的学术论文与文献资料，使梅山文化日益为人们所重视。

历史悠久的梅山文化孕育出了安化璀璨的文明。这里古韵绵长，有穿越历史时空的风雨廊桥，有南方之尊的木孔土塔，有承载着梅山文脉的文武孔庙；这里，人文厚重，是清代两江总督陶澍、云贵总督罗绕典、著名书法家黄自元的故里，养育了李作成等多位将军和唐九红、龚智超、龚睿娜等6位世界羽坛冠军；这里，山奇水丽，风景怡人，生态优良，拥有国家级森林公园、湿地公园、地质公园和自然保护区，是现代生活中人们渴望的天然氧吧；这里，资源丰富，森林、矿产、水资源，举世瞩目。世界10大名茶之一的安化黑茶以及6亿年前的冰碛岩，享誉世界。

安化作为梅山文化的发祥地，仍然保存着许多传统的民俗习惯和大量的文物遗存。

2017年，安化县委、县政府高瞻远瞩、审时度势，把对梅山文化的挖掘传承和保护利用纳入了县域旅游发展规划，从组织层面成立了安化县梅山文化产业发展领导小组，在学术研究层面成立了安化县梅山文化研究会，并提出了全面实施"一套书、一台戏、一桌菜、一个中心、一个产业、一批成果、一批传承人"为主要内容的"七个一工程"。

其中，一套书就是切实加强对梅山文化的基础研究，组织本土专家学者整理、研究、编辑、出版一套梅山文化系列丛书，为全面传承和保护利用梅山文化打下坚实的理论基础。初步规划从梅山百匠、梅山饮食、梅山医药、梅山民歌、梅山故事等多个方面，通过文字和图片的形式，全面彰显和展示梅山文化的独特内涵和神奇魅力，让人们对梅山文化有一些感性认识，也期望能对大梅山文化与旅游高度融合发展起到一定的推动作用。

作为传承地域文化，梅山文化内涵极为丰富，一方面随着历史变迁而不断发展，另一方面却保留着文化传统上的延续性，深刻地影响了安化的民风民俗和政治、经济、文化的发展。编撰《梅山文化系列丛书》意义深远，却也任务艰巨。按照学有专长、人尽其才的原则，我们采取既分工又合作的方式，请有相关学术特长的本土专家、学者负责对应的课题研究，计划在3至5年完成。力争做到三点：一是学风严谨，高度重视第一手资料。要求全体课题研究和编纂人员本着"挖地三尺"的精神，冒着严寒酷暑，翻山越岭，跑遍梅山境域进行田野考察。二是图文并茂，保存珍贵的视觉资料。每个课题有专门摄影师，负责丛书古迹、自然风光、古建筑、古民居的拍摄、编辑工作。三是学术价值与实用价值并举。可供人们鉴史、资政、育人、兴业之用。

现在《梅山百匠》《梅山传统》《梅山医俗》《梅山故事》和《中国梅山文化》五本书，在课题组负责人和有关编委人员的辛勤劳动和共同努力下，完成了田野调查和资料搜集整理、文字编撰等，工作十分扎实，显示了课题负责人的学术勇气与社会担当，昭示着梅山文化研究进入了一个新的阶段。开印之际，写下这些文字，期望有更多的有识之士参与梅山文化的研究，让优秀的传统文化得以传承和保护，并服务于县域旅游的蓬勃发展。

是为序！

2019年6月

（黄瑛系中共安化县委常委、宣传部长，安化县梅山文化研究会会长）

目录
MU LU

《梅山文化系列丛书》总序 　　　　　　　　　　　黄　瑛 / 001

人物传奇

罗绕典以文相亲　　　　　　　　　　　黄正芳　李良轩 / 002
陶澍升堂　　　　　　　　　　　　　　　　　　李靖凡 / 006
帝师黄崇光遇恩　　　　　　　　　　　　　　　刘发增 / 007
梅山望族阙氏　　　　　　　　　　　　　　　　戴共安 / 010
安化的神行太保孟义安　　　　　　　　　　　　黄新跃 / 012
嚣嚣和尚访辰山　　　　　　　　　　　　　　　刘发增 / 015

乡野听风

莫同发　　　　　　　　　　　　　　　　　　　李靖凡 / 020

养才楼	李靖凡 / 022
方十有"三弄"	廖子季 / 023
张五郎守护梅山	刘发增 / 026
沙参救命	刘发增 / 031
两亲家较劲	曾立华 / 033
毛老七	蒋英姿 / 035
真武大帝怒锁青龙	高银桥 / 037
真武寺	陈智勇 / 039
钱癫子	龚赤清 / 042
鱼	周 意 / 045
青龙古藤	谭玲玉 / 047
月山虎	龚赤清 / 051
熊木匠与老树精	龙腾安 / 054
龚绣彩以假乱真	夏汉泉 / 057
斑竹千滴泪	刘姣 / 059
梅子仑上骂太爷	陶金生 / 061
胡老五扯谎	陶金生 / 064
油麻鸟	蒋华南 / 068
雕刻菩萨	熊艳彬 / 070
绝壁悬棺	夏向安 / 072
倒日不办喜事的传说	邓紫涵 / 073
做棺材的忌讳	蒋英姿 / 075
瑶哥与汉妹	邹尊初 / 077
从相思桥到相思牌	熊剑文 / 080
洢水排汉与大将军	陈明和 / 084
一草一木	罗 岚 / 085
梁家兄弟	龙腾安 / 088

烈马山的风水　　　　　　　　　　　龙腾安 / 093

茶事春秋

红茶不卖·挖茶蔸　　　　　　　　　黄本安 / 096
黑茶漂洋过海　　　　　　　　　　　黄本安 / 099
神农氏与大叶茶　　　　　　　　　　龚礼华 / 101
龙女茶　　　　　　　　　　　　　　毛　林 / 104
云中仙　　　　　　　　　　　　　　龚　聪 / 108
沧桑的大叶茶　　　　　　　　　　　仇金中 / 112
余丈国发茶财　　　　　　　　　　　蒋英姿 / 114
梅山仙茶　　　　　　　　　　　　　佚　名 / 116
芙蓉山的茶　　　　　　　　　　　　吴建华 / 118
老桑树和老茶山　　　　　　　　　　申瑞瑾 / 119
金桑茯·银桑茯　　　　　　　　　　刘盛琪 / 121
神奇的云台大叶茶　　　　　　　　　李　洪 / 123
仙茶　　　　　　　　　　　　李　洪　陈熙丹 / 126
茯砖茶　　　　　　　　　　　　　　吴尚平 / 130
芙蓉仙茶　　　　　　　　　　　　　夏向安 / 132
安化擂茶习俗　　　　　　　　　　　戴茂文 / 133
安化茯茶香西域　　　　　　　　　　何　奇 / 135
芝麻豆子茶　　　　　　　　　　　　黄正良 / 137
馊茶解蜈蚣毒　　　　　　　　　　　邹萼初 / 139
茶山心弦　　　　　　　　　　　　　严　昊 / 141
茶马古道的传说　　　　　　　　　　姚玉莲 / 143

地名掌故

安化县	尹志斌 / 146
茅田铺	夏向安 / 148
烧香尖	熊毅军 / 150
梅子仑	夏向安 / 152
九渡水	夏向安 / 154
鱼水	夏向安 / 155
张家仙湖	蒋述生 / 156
卸甲园与跌马岩	陈明和 / 158
马路口	陈明和 / 160
九龙池	邓志军 / 161
天光坳	蒋华南 / 163
八斗米山	黄本安 / 165
马颈寨	黄本安 / 167
天子山	龚胡璇 / 170
猪门塘	黄本安 / 172
张公桥	张小毛 / 174
龙泉洞	熊艳彬 / 176
千秋界	孙文华 / 178
望家冲	夏雨薇 / 180
青龙潭	刘银初 / 182
仙人洞	刘银初 / 183
古楼坡	方 益 / 185
万羊寨	向东流 / 186
司徒铺	向东流 / 188

仙娘洞　　　　　　　　　　　　　　　　李向阳　/ 190
竹山坪　　　　　　　　　　　　　　　　林小明　/ 192
九龙山　　　　　　　　　　　　　　　　邓志军　/ 194

家风家训

耕读相传　　　　　　　　　　　李定新　陶稳固　/ 198
教子有方　　　　　　　　黄正芳　李良轩　谢国平　/ 200
重教育才　　　　　　　　　　　黄安石　黄正良　/ 202
家国情怀　　　　　　　　　　　　　　　陶金生　/ 204
农茶实学　　　　　　　　　　　陈辉球　欧阳建安　/ 206
自立风范　　　　　　　　　　　　　　　王青山　/ 209
身教言传　　　　　　　　　　　杨腾贵　贺文英　/ 211

梅山故事

人物传奇

罗绕典以文相亲

黄正芳　李良轩

田开兰又名田韧秋，贤淑大方。精读文章且过目不忘，擅长吟诗作对，尤通中草药药理，随意拈来能深知其效用，因此，在旧时归化沂溪河流域被誉为才女。清道光三十年（1849），田开兰被皇帝诰封为"一品夫人"。

相传才女田开兰与云贵总督罗绕典的结合，还有一段鲜为人知的佳话。

嘉庆十八年（1813），罗绕典从中梅书院毕业，他以一等一的成绩取得补博士弟子资格，考入长沙岳麓书院读书十二年，深得山长袁名曜器重。在求学中，深知"经世致用"的要领，乃至后来成为"唯楚有才，于斯为盛"的有效佐证。其间，罗绕典因年少丧母，家境不富裕，直到十五岁由伯父罗光涵资助读书。

罗光涵是清封儒林六品秀才，又是大福石拱桥的创建人之一，深受乡亲们的爱戴。一次，罗光涵经过大福坪上游石门庵时，看见众人正围着半副对联看：

伏虎衔猪头何谓光口

这里的"伏虎""猪头""光口"，均指本地离石门不远的地名，尤其"光口"为本地方言"江口"的意思。此联其中一个"衔"字，不吐出也不咽下，暗指嘴里明明含着猪头，怎么说是没有东西吃呢？罗光涵因当时忙于修桥，一时竟也对答不出，后经打听是本地一位田姓女子出的上联，有意征下联。为此，他一直默记在心，曾跟侄儿罗绕典提及。

话说过了几年，罗绕典父亲罗光奕从丧妻的悲痛阴影中走脱出来，继承父业，悬壶济世，凭着医术高明，赢得病者求诊盈门。罗绕典有时也要出诊，采购药材。家中坐堂捡药等事务自然就缺一个帮手，好久一直物色不中。一日夜深，他想起兄长曾经讲述石门庵应征对联之事，突发奇想：何不也用半副对联形式诚招呢？于是，他将祖传的一副对联的上联稍加修改书贴于医馆大门，称若有人对出，将高薪聘请，联曰：

兵郎哥手持大戟跨海马与木贼草寇战百合旋复回朝升将军称国老

联内："兵郎（谐音：槟榔）""大戟""海马""木贼""草寇""百合""旋复""将军""国老"。含有九味中药：

一时乡间传遍，竟无人揭对。过了数日，有个年轻漂亮的女子款款而至，提笔写道：

红花妹头插金簪戴银花比牡丹芍药胜五倍从容出阁似云母赛天仙

联内嵌"红花""金簪""银花""牡丹""芍药""五倍""从容""云母""天仙"，也是九味中药名称。

恰在此时，罗光奕因外去出诊，只有老兄罗光涵在家，守店的伙计忙告知有人揭榜。主客寒暄过后，罗光涵得知女子深谙医道，便留她吃饭，并将那副对联悬挂，只等弟弟罗光奕回来定夺。

这天下午，罗光奕从外地赶回家，在回来的路上就耳闻有才女揭联应对之事，忙乔装打扮试探该女子的才学深浅。但见店内一女子衣着素雅、仪态端庄，想必就是那位应聘女子了。

于是，罗光奕进店抱拳施礼道："姑娘，我要买几味药，以疗小疾，不知可否？"

姑娘行一个万福，应道："请客官讲来！"

罗光奕稍加思索："第一要买罢客如何？"

姑娘莞尔一笑，回道："酒阑宴罢客当归，客官要多少'当归'？"

"请等等！第二嘛，要买黑夜不迷路。"罗光奕说道。

姑娘脱口而出："那不就是'熟地'嘛！"

罗光奕进一步试探："第三要买艳阳牡丹妹。"

姑娘答："牡丹花妹'芍药'红。"

罗光奕深感佩服，兴致盎然，又接着问："四要买出征万里。"

"万里戍疆是'远志'！"

"五要买百年美貂裘。"

"百年美裘是'陈皮'！"

"六要买八月桂花花吐蕊。"

"秋花朵朵点'桂枝'！"

"七要买蝴蝶穿花飞。"

"哦，是'香附'！"

一连七问七答，罗光奕十分欢喜，但随即又用双关语进行试探："另外还要买只纸灯笼。"姑娘停顿片刻，想起纸灯笼外壳是用纸做成，用来防风，忙笑着说："客官还要买'枳壳''防风'是不是？"

罗光奕不甘心，最后问："我要去岐山怎么走？"

"此去岐山走青龙上凤形，你这是问路还是要买'生地'？"罗光奕听姑娘如此才思敏捷，忙表明身份欲高薪聘请她。可是，姑娘竟丝毫不为金钱所动，执意不肯在医馆打工。这可让罗光奕着实吃了一惊：真的遇到了一位奇女子！

且说嘉庆二十五年（1820）冬，罗绕典从长沙读书回到家里，听父亲说起石门庵有位才女揭榜，出对联至今无人对出一事，经打听此女子姓田，名开兰，年纪与自己差不多，便决意去会会这个有才学的奇女子。他行至石门庵时，找到了墙上上半句对联："伏虎衔猪头何谓光口"，便在左边提笔写下：

青龙吐风水哪来乾田

联内"青龙""风水""乾田"均为本地地名。尤"乾田"为本地方言含意"官田"。这里"青龙""风水"指芙蓉山脉天罩山下余君寨与岐山仑凤形山下两条支流，一条流入浮泥寺，一条流入干龙滩，史称"二龙汇水入沂溪"，也有称"回龙顾祖"的。"乾田"属皇家赐地，因常年干旱缺水而得名。后经修建拦河坝和山塘，成为风水宝地。

话说庵旁田氏族人见有人应对，忙去告知田家小姐田开兰，田见对联对仗工整，忙叫丫环喊应对者进厢房泡上等芙蓉甜茶相待。田小姐透过门帘，见罗绕典英俊潇洒，顿生怜爱之心。于是，田开兰走出闺房与罗绕典相见，罗绕典见小姐端庄秀雅，又早闻其文采出众，一时目瞪口呆无从话起，灵机一动，忙问"小姐贵姓？"田开兰掩面微笑道："我姓干打雷不下雨。"罗绕典才思敏捷，道"那是田小姐！久仰，久仰！"就这样一问一答，两人一见如故，走出厢房行至石门庵，田开兰指着石门出题："石上苔藻堪入药"；罗绕典立即回对："门前百草可医人"。于是俩人遂互生仰慕之心。

有道是"天上无云不下雨，地上无媒不成婚"，田开兰父亲田才优见女儿出联征招女婿一事，终成夙愿，忙请大福坪街上媒婆李氏做媒，很快促成一对美好姻缘。

回门之日，田才优有意激励女婿说："绕典，开兰已是你的人了，攀了高门，你尚在读书，今后有何鸿鹄之志？"罗绕典胸有成竹地拍着胸口说："岳父大人在上，我如若不高中进士，无脸再来见您！"田才优见女婿信心满满，笑着说："好！好！好！君子一言，驷马难追。有志气！"

果不其然，道光九年（1829）二月，罗绕典在京参加朝考，高中进士。

这年秋天，罗绕典告假回乡省亲，在拜见岳父田才优之时，路过石门庵，见对联尚在，不禁勾起对往事的美好回忆。

这真是：两个半副对联，结成一对良缘。

陶澍升堂

李靖凡

清朝两江总督陶澍从13岁随父亲陶必铨在安化县城（今梅城镇）读书。

陶澍的姑母嫁于梅城蒋家巷子（今梅城镇望城村九组）。蒋家大院虽经200余年沧桑，现已破旧和部分改建，但还有旧时的主堂屋和偏堂屋及宽阔的卵石排花地面的院内大坪，另有花坛四季青尚存，还在体现当年盛况家貌。早年陶澍随父读书就寄居于此。

陶澍在两江总督位上红极一时之际，承皇恩回安化省亲也顺便到了梅城姑母家。姑母从没出过远门，没见过世面。此刻侄儿来看望，万分高兴。又见侄儿随从仪仗队伍威严，早年仅听说过大官升堂时好不威风。于是要求侄儿升一个堂，给姑父母和众乡亲开开眼界。陶大人虽反复说明此系朝廷政事非儿戏，万万不可。但经不住长辈和乡邻的反复恳求，终于答应做个样子给大家看看。

这天，在蒋家大院正堂屋，旗仪公案备齐，太师椅一摆，各仪仗归位，随从卫士站立两旁。此时地方大小官员及随从队伍，地方乡邻、姑父母全家早已在场，挤得满满大院。此时，只见两旁衙役三声高呼：威武，升堂。随着堂鼓三响，陶大人踏着官步步入大堂升坐。两目威光一扫，全场顿时鸦雀无声。陶澍手拿惊堂木在堂桌上一拍，此时堂屋后面池塘里一塘的大小鱼均惊得跳了起来，屋上的瓦片也纷纷掉下一大片，真把众人惊得目瞪口呆了。过了许久才回过神来，全场才响起掌声，有人还在门外放鞭炮。在这千年古城开了这么个大眼界，此故事也流传至今。

帝师黄崇光遇恩

刘发增

清朝嘉庆年间,安化县一都乡三进士之一的黄崇光性格耿直,为官清廉,道光皇帝和两江总督陶澍都是他的学生。

嘉庆皇帝驾崩,道光皇帝登基,他想做一代明君,提倡勤俭节约治国,甚至以身作则,上朝理事都穿着打补丁的皇袍。可是道光皇帝到了晚年却一反常态,大兴土木,从湖南、海南运来珍稀的金丝楠木,从山东运来烧制的精砖,为自己兴建豪华的陵寝。黄崇光冒天下之大不韪进谏说:"皇上,现在虽然国泰民安,但是您准备花几百万两白银修建陵墓,国库将会空虚,国力也随之衰退。为了保我大清江山永固,延续康乾盛世,百姓安居乐业,请陛下三思。"百官也跪下附和着说:"请陛下三思。"道光皇帝龙颜大怒:"朕勤俭节约了半辈子,到死也要节俭吗?江山是朕的江山,社稷是朕的社稷,你们谁还要多言,休怪我无情。"说完后,叫太监拿来天子剑,悬挂于朝堂之上,百官吓得再也不敢多言相劝,可黄崇光毫无惧色地继续奏曰:"皇上不听老臣忠言,江山难保,请陛下准许我告老还乡。""看在你多年教导朕的分上,免你一死,马上滚回老家。"道光陵修建达十多年之久,前后花费白银240万两。道光皇帝死后,果然国力衰退,民不聊生,天下从此不太平。

黄崇光虽然为帝皇之师,但是他为官清正,所得俸禄,除了养家糊口外,剩余的捐献给家乡办学,家中也无田产。同朝为官的陶澍,见恩师被皇帝打发回乡,身无半文,心中隐隐作痛,决定把自己在湖南桃花江畔的一份田产给他老人家过生活。

黄崇光来到山清水秀、土地肥沃的桃花江畔,与家乡安化毗邻,倍感高兴,开始过着"采菊东篱下,悠然见南山"的田园生活。可是该他有一番磨难,到此地后的这一年,天降大旱,当地人欺侮他是外乡人,不允许他引水抗旱,他的田颗粒无收。第二年,是个丰收年,到稻谷成熟时,有人把黄崇光的稻谷偷割了。唉,"龙游浅水遭虾戏,虎落平阳被犬欺。"一代帝师只好做小生意——卖淡干鱼,养家糊口。

有一天早晨,黄崇光没吃早饭,担着淡干鱼来到了常德府的黄土店,正巧遇上了大雨,他避雨在一户姓肖的人家。这家男主人,一边望着外面的滂沱大雨,一边自言自语:"邓先生恐怕今天不能来了,不能来了。"黄崇光忍不住问道:"老板,找邓先生有什么事?""我想请河西的邓先生写香火,文房四宝都准备好哒,天降大雨,河水涨了,恐怕不能来了。""老板,我可以为你写。""你行吗?"老板见他是个担鱼客,将信将凝。"我如果不能为你写好,这些淡干鱼都给你,如果能写好,你招待一餐早饭。""好!请先生。"只见黄崇光挽了挽衣袖,来到堂屋中的八仙桌前,拿笔在手,到砚池中吸饱墨后,笔走龙蛇,"天地君亲师位"六个大字,一挥而就。

写完香火,吃过早饭,雨也停了,黄崇光辞别老板,担着淡干鱼悠然而去。可是出了怪事,天黑的时候,肖老板堂屋中金光闪闪,而邻居们却看到他的房屋顶上瑞气腾腾,霞光万道,天天晚上如此。当地有个儒老拄着拐杖来到堂屋中,好奇地把黄崇光写的香火看了又看,发现左下角有一行蝇头小楷:"安化黄崇光。"儒老哈哈大笑而说:"难怪有如此灵气,原来是当今圣上的师父——安化的黄翰林为你写的,恭喜肖老板有福气,你从今以后将会子孙发达,财源广进。"果然,三年后,肖老板成了当地的首富。

道光二十三年,两江总督陶澍从南京回安化探亲,准备到桃花江看恩师,过洞庭入资江,下了官船,坐着四抬大轿,鸣锣开道浩浩荡荡而来。突然官轿停滞不前,有人在前面吵吵闹闹。陶澍问手下:"发生了什么事?""大人,前面有一个老翁坐在路中央,吸着旱烟,跷着二郎腿,还大喊'陶澍儿来见我',大人怎么办?"陶澍立即下轿,一边吩咐手下不要对老翁无礼,一边自己整了整衣帽,来到老翁跟前双膝跪地而称:"恩师在上,请受弟子一拜。"当地老百姓目瞪口呆,议论纷纷:"当今圣上跟前的红人、两江总督陶大人都要向他下跪,真是'人不可貌相,海水不可斗量。'这个安化佬真不简单,今天还听说他是当今皇上的师父呢。"

从此,桃花江畔的人,再也不敢欺侮黄崇光了。他在那里过着幸福的田园生活。

梅山望族阙氏

戴共安

阙姓原本姓梅,是安化最古老的居住者之一。本系汉初梅王后裔。梅王传承数代,统领梅山土著蛮民成就了一方平等自治,不向大朝捐苛服役的世外桃源。后来异姓奸人谋权,梅氏王族败落,失去了王位,并面临杀机。夺位者称:要掘梅树,斩梅根。迫使梅氏王族沦落逃亡,出离梅城,远走高飞,另谋安身续后之地。

这一走走得远。几十人逃亡到了江西抚州,从此隐姓埋名,改为阙姓。即以梅国宫阙为氏,以为纪念。于是就在一方生地安居下来,耕读为本,繁衍生息。数代下来,历尽艰辛,经营得妥,发展不错。族中人丁兴旺,英才辈出,志向不浅。在一方有过许多善举,颇为抚州地上佳传。

这其中有一位前人取名绍梅,即是后世孙之绍梅公。绍梅者,即为承续梅者之意。他自幼聪明善学,才品兼优,志向高远。从小就听前辈人说起过梅山那些个史来往事,很有感慨。成人后,便很想前往梅山地域看看,凭吊先人。也是正值元末明初江西向湖南大移民之际,绍梅公便带领部分族人来到梅山地上了解。一日,绍梅公身临城外,登高一望,便见远近眼界,耀然天宇之间,气象不凡。远方,群峰青翠,环山抄抱,围定了一方圆天盆地。中间城池坐落,街巷纵横,车水马龙自四方遐迩纷沓而至。城外村郊广袤千顷,排布着田园庄舍,绿坡水港,人工置景。几处低丘矮岳,名状繁多,似作龙飞凤舞,庆贺丰年鱼米之乡。而四方关山夹口,让开驿道通衢,去向千里,网联八方。两河自南发脉,隔山平行数十里。至近城处,折转东西,相向流汇,绕城映景,逶迤北去。目光到处,皆如此山水城郭,含祥蓄瑞,伺机待发。

他与族人就在城内大南门定居下来,准备着谋事就业,大展宏图。那时,梅山地域荒原土地尚多,待人开发。便插标为业,营造耕地。又设坊开铺,百计经营。东来西就,发展很快。不出数十年,已是良田千亩,商铺连街。又人才济济,为一方多有善举。那时的安化县治梅城,官民皆称:城中实力,阙氏占了半边。

每逢青黄不接,绍梅公总要动员族人捐出谷米千担救济远近饥民。又联合四门绅士,广开就业门路,发展地方经济,以工代赈,辅佐了一方国泰民安。因此,官民皆赞。府县上奏朝廷,龙颜大悦,即刻派人下到安化传达圣旨,泽封阙绍梅为荣禄县令,冠带加身,又赐恩荣坊一座,令能工巧匠修建,以彰皇恩荣禄,奖励善举。后来,阙姓就以"恩荣"二字作为堂号,俗称郡脚,数百年来,子孙兴旺,传承发扬。

安化的神行太保孟义安

黄新跃

《水浒传》里有个叫戴宗的人物,有一惊人道术,遇上紧急军情须传送,把两个甲马拴在两只腿上,作起神行法来,一日能行五百里,把四个甲马拴在腿上,便一日能行八百里,因此绰号神行太保戴宗。而二百多年前,我们孟家村鹤舞湾,也曾出过一个神行太保,他名叫孟义安,听老人讲,狗腿上拴一挂小鞭炮(100个左右,俗称百子鞭),点燃,狗拼命飞奔,孟义安能轻而易举追上,掐灭。当时有云:打不死的刘金配,捉不到的孟义安(刘金配为当时孟家村刘家湾硬气功能人,但有关他的典故无人知晓)。

孟义安(1682年—1745年),字彦章,"外号一阵风",出身豪门。从小酷爱武术,到处拜师学艺,后来功夫出神入化,炉火纯青。当时朝廷征召,他不愿为官为将,闯荡江湖而享有盛名,至今流下不少美传。

孟义安的功夫,以轻功为主,快是他的特点。据说,马扬一下前腿,他可在马胯下来回钻三次,可想而知,那是多么敏捷!孟义安年少时,邻近的新化、桃江就已经知其威名,经常有人来找他切磋武术。

一次,西域一高人来找他比武,那人进了孟家门,见一小小少年在堂屋打扫,问道:孟义安在家否?孟假装是其徒弟,答道:师傅外出了。那人非常遗憾,临走时,见堂屋地下有一堆石灰,用脚尖沾少许,轻身一跃,然后一个鲤鱼打挺,沾灰的脚尖在堂屋的大梁上

踩了一个脚印,告诉少年,说今天有人来会,不遇后会有期。

孟义安看了,心里佩服万分,这等轻功,也非一日之功也。他仍不露声色,扯住那人衣袖,说,高人,请稍等。只见他左手端一盆水,右手拿一个粗布毛巾,毛巾入水盆,身子微蹲,双脚轻轻一跃,毛巾已擦到那石灰脚印上,来回两下,已是干干净净了。不待那人看清,毛巾已轻轻落在高手旁边,盆里的水没一滴外溅。少年说,把梁弄脏,师傅回来会怪罪我的。来人见状,一个小徒儿尚有如此功夫,他师傅孟义安我肯定不是他对手,连忙告辞离开。

孟义安成年后,武术越来越精,在屋前的大坪设下擂台,擂旗上书四字:天下无敌。周县各路英豪,经常云集如此,然都不是孟义安对手。

一日,一高手说擂台放不开手脚,邀他到附近一坟山比武,先互让对方三拳。孟义安先让对方打了三拳,毫发无损。轮到孟义安打他了,那人有点心虚,站在一石碑前,孟义安一拳过来,那人就势一闪,只听咔嚓一声,青烟冒起,火星四溅,石碑断成两截,对方连忙跪地求饶，从此孟义安天下无敌的擂旗一直没被摘掉。今天的招牌丘大田，据说就是当年孟义安设擂台的地方。

孟义安不光武功好，还行侠仗义，好打抱不平。与孟家相邻的桃江天井山过去十里，有个地方叫七里冲，当时那里也出一打手，欺行霸市，无恶不作，经常来大福坪周围行恶。孟义安听在耳里，记在心上，决心给他点颜色瞧瞧！这日刚好那恶棍又来了，有人来报信。孟义安当时穿一双草鞋，双脚一蹬，双鞋全断，他顾不上换鞋，如神行太保戴宗一般，呼啸而去，追到安化桃江交界处，追上了。只见那恶棍骑着一匹高头大马，孟义安大喝一声：孟义安来也！只见孟义安左手扯住马尾，那马前足一蹬，恶棍差点掉下马来。说时迟那时快，孟义安纵身一跃，右手齐插恶棍背部的督脉要穴，那人惨叫一声，落荒而逃。听说回家就病倒了，从此不再作恶。

孟义安本生于富裕家庭，后来搬住到了今孟石清老屋后，他家的槽门边，有一方正的上马石，五十岁以上的很多人都见过。孟义安因练武，不善营家，后家道中落，最后沦为乞丐，临终把所学教给一外号叫"阴六"的人，阴六为他送终，死后葬浮栗溪、杨沟洞旁小山坡。听孟佰玉老人讲，他曾见过有孟义安字样的墓碑，现在无人去考究了。但孟义安的武功，至今为孟家村人民所乐道。孟义安住的地方，以前叫福武湾，后来地方不尚武，读书人改叫鹤舞湾了。

嚣嚣和尚访辰山

刘发增

话说明末清初的时候，吴三桂兵败衡阳"鸡笼山"（1678年）以后，他的军师遁迹空门，化名为嚣嚣和尚，隐居湖南省安化县的太阳山，从此悬壶济世，设帐传经，经常与当地的各座名山寺院里的主持谈经论道。

有一日，嚣嚣和尚听一个香客说，辰山白云寺有一位得道的行痴禅师，已经到白云寺好多年了。嚣嚣和尚听说后决定去辰山拜访这位同道中人。

在一个秋高气爽的日子，嚣嚣和尚穿上云游鞋，走下太阳山，沿善溪到资江，再溯资江到辰溪，来到了辰山脚下，抬头仰望山顶，只见峰上白云缭绕，白鹭飞翔，好个蓬莱胜景，嚣嚣和尚在山脚稍许休息，就开始登山，当到半山腰时，只见各种奇形怪状的石头布满山间，有的大石头下还有清冽的泉水淙淙流出，石头们宛如排兵布阵的士兵，穿过石头阵，就是低矮的灌木丛，山花喷吐芬芳，沁人心脾，走过灌木丛，再过半个时辰，来到了山顶，一座寺庙就在眼前，"白云寺"几个刚劲有力的隶书字映入眼帘，悠悠梵声飘入耳来，阵阵檀香使他疲劳顿消。嚣嚣和尚暗自思量，我今天要试一试寺里的僧人，他随即调整气血，用千里传音的功夫向寺中说道："太阳山寺的小僧拜见大和尚……"

"稀客，稀客，请入小庙一述。"寺中的声音恰似当头棒喝，嚣嚣和尚的千里传音仿若泥牛入海，耳鼓还被震得嗡嗡作响，嚣嚣和尚暗暗称奇，此人功力胜过自己几分。嚣嚣和

尚随即跨入大雄宝殿，只见一位清瘦的老和尚，穿着紫色袈裟，盘坐在蒲团上正虔诚地领着九个小和尚在做晚课。嚣嚣和尚也情不自禁地坐在旁边的蒲团上跟着他们做起晚课来，一个时辰才做完。穿着紫色袈裟的和尚用右手向地上轻轻一按就立起了身子，他微笑着说道："阿弥陀佛，贵客远来，有失远迎。"嚣嚣和尚回答道："岂敢有劳大师！"二人相互通了出家名号，竟似已经相识很久的故人，寒暄一阵后，行痴禅师说道："你到斋房用过饭后，再到我房中来相谈。""阿弥陀佛，打扰了。""哈哈，莫客气。"嚣嚣和尚用过斋饭，来到方丈室，只见行痴禅师正在禅床上看书，他向行痴禅师打过招呼后，嚣嚣和尚开始观看起他的禅房来，只见禅床左边墙上挂着一幅龙飞凤舞的字，嚣嚣和尚仔细一瞧，心中情不自禁地打了一个冷颤，准备给行痴禅师行大礼，行痴禅师连忙走下禅床，扶着嚣嚣和尚说道："你我是方外之人，何必拘泥于俗家之礼。呵呵，其实你一来我就认出了你，你是朱氏……唉，不说也罢，不说也罢，既然已入佛门，何必再理红尘中的事，你我既然有缘就好好珍惜吧！"

嚣嚣和尚为什么激动呢？原来方丈室的墙上行痴禅师写了一副偈语：

"天下丛林饭似山，钵盂到处任君餐，黄金白玉非为贵，唯有袈裟披最难，朕为大地山河主，忧国忧民自转烦，百年三万六千日，不及僧家半日闲，来时糊涂去时悲，空在人间走这回，未曾生我谁是我，生我之时我是谁，长大成人方是我，合眼蒙眬又是谁，不如不来也不去，来是欢喜去是悲，悲欢离合多劳思，何日清闲谁得知，世闲难比出家人，无牵无挂得安宜，口中吃得清和味，身上常穿百衲衣，五湖四海为上客，皆因屡世种菩提，虽然不是真罗汉，也搭如来三尺衣，兔走鸟飞东复西，为人切莫用心机，百年世事三更梦，万里江山一局棋，禹开九州汤放桀，秦吞六国汉登基，古来多少英雄辈，南北山头卧土泥，黄袍换却紫袈裟，只为当年一念差，我本西方一衲子，为何落在帝皇家，十八年来不自由，南征北讨几时休，如今撒手西方去，不管千秋与万秋。"

嚣嚣和尚一边欣赏行痴禅师的作品，一边自言自语地说道："辰山、辰山，辰为龙也，这是龙潜之地，我应该早就想到的啊！"

嚣嚣和尚看了行痴禅师的作品后，回忆起这么多年的经历，人生好比白驹过隙，南征北战，用鲜血换来的功名富贵，也只不过是过眼云烟，不禁灵感来临，向行痴禅师说道："小僧是否能借大师的文房四宝一用？"

行痴禅师微微一笑而说道："前面的书桌上就是啊！"

笔随意走，意随情动，嚣嚣和尚一气呵成写了两首诗：

其一

偏留久欲向人传，历尽其间转默然。

似吾有恒参造化，命予方得受神仙。

旷怀选抱征千里，时雨春风润一天。

正是清朝人物福，相逢处处饮甘泉。

其二

紫气晚看春露下，清香时有玉泉流。

个中未许人多识，料得沾濡遍地游。

嚣嚣和尚写好后，走向禅床前，恭敬地递给行痴禅师说道："阿弥陀佛，请大师指点。"

"哈哈，好个紫气晚看春露下，清香时有玉泉流。善哉！善哉！"

后来，嚣嚣和尚与行痴禅师建立了深厚的感情，经常在一起谈经说道，悬壶济世，在梅山这里留下了很多流传千古的佳话。

乡野听风

莫同发

李靖凡

"莫同发"是民国末期当地驰名的大商号。

"莫同发"的老板莫福升,有兄弟五人,即福升、恒升、晋升、义升和庆升。莫福升兄弟,老家在今邵东县檀山乡九江村。其父崇绛系民间裁缝,生活贫苦。当时迫于生计,其父带着十多岁的兄弟们便先后出外谋生。宣统二年(1910年),福升、晋升兄弟来到安化,肩挑货担,手摇铃铛,走村串户,经营针线日杂,同时兼收山货皮毛及废旧破烂。他们待人诚恳,态度和气,深受乡民欢迎,买卖越做越红火。

民国六年,两兄弟在县城西街租了一间铺面,取名"同发祥",专卖杂货,还兼收山货。民国十年,五兄弟集资,迁至总铺街,更名"莫同发"。他们扩大经营项目,品种达千余种。抗战期间,他们已拥有资产7万余银元,店员24名,常班挑夫40多人。民国三十一年,恒升与三个弟弟从总店分出,开设"正记莫同发"。民国三十五年,福升之子荣庭开设"荣记莫同发"。至此,"莫同发"已发展成福记、正记、荣记三家。1956年,走上公私合营道路。

莫氏兄弟闯荡商界30余年,从穷到富,由小到大,经营有方。在资金上,善于利用天时地利,兼营信贷业务,搞活资金。"莫同发"利用县城无银行、本地商行出外经商不便携带银元的机会,把设在汉口、长沙、常德、湘潭、益阳等地的行庄,与安化商户外出经商建立信贷业务,为之兑付资金,获取地区间和时间差价之利。同时还与外埠商号及厂家挂钩联系,诚守信誉。

抗战时期,日军进犯湖南长沙等地,"莫同发"在其中也扮演着重要的角色。那时为了抢在日军到来之前把货物运到安全的地方,"莫同发"的帮工们没日没夜地进行转运工作,最后在抗战阶段为百姓的生存起到了良好的保障作用。

抗战期间,棉纱棉布供应紧张,他们组织生产土纱土布,致力国产土产。1950年新中国发行公债,莫家一次购买2000万元(旧币)。抗美援朝时,一次捐款3000块银元。1950至1954年上缴国家税利4亿多元(旧币),且对民间公益事业,常慷慨解囊,带头资助,被老百姓称其为仁商、义商。"莫同发"还在安化城关镇组建"邵阳同乡会馆",对招商引资、促进县域经济发展起到了重要的作用。

养才楼

李靖凡

在梅城启安坪原安化一中分部的后面,有一栋二层楼的学生宿舍,叫"养才楼"。这栋楼原是河山桥一个老头捐建的。这件事本身不稀奇,捐钱办学是每个时期都有的义事,但是这"养才楼"却有个来历。

当时校方把捐建者请到学校设宴款待。每个人报出捐款数目时,故事发生了:且说在座客人中有位衣着破烂,一身烟汗臭味的老头,众人都瞧不起他。在他身边坐的客人们纷纷坐开了,生怕同他一桌有损自己的身份。轮到这位老头捐款时,众人拿他开心:"凭你这身打扮,一定会有一个大红包吧,最少只怕也会捐十担谷吧?""十担吗?少了点?搞得个么子。""少了?难道要捐一栋楼房?"众人以嘲弄的眼光望着他,嘻嘻哈哈拿他寻开心。老头不紧不慢也不理众人的眼光,吸了一袋烟,才轻轻慢慢地说:"承蒙各位看得起,谢谢了。那我捐一栋楼就是了。"于是老头捐的这栋楼,就起名叫"养才楼"了。

据说,这个老头捐钱兴学大方,但自己节省,饭都舍不得吃饱。还有一次,他把钱褡子丢在路上,而他走了近两里多远,才猛然发现掉了钱褡子,于是回头去寻。走到东门桥头发现并捡了回来。难道没有人看见?只因这位破衣烂衫老头的钱褡子,简直就是一个满是油垢的破袜子,只怕是别人看都没有看,去捡更怕弄脏了手。

方十有"三弄"

廖子季

方十有劳动人民出身。他为人机智幽默,经常不畏风险,戏弄财主,为民出气,在安化县至今还流传着他的动人故事。

背笼鸡

方十有的邻居稳生在铁算盘家里做了十多天零工,半文钱也没有得到,只得去找十有,十有问明缘由后说:"不要急,待我替你把工钱讨回来。"说着,便朝铁算盘家走去。

十有走进这家大院,看见磨盘阶基上放着个竹鸡笼,鸡笼里关着十来只母鸡。他走到堂屋门里,大声喊道:"老板屋里请人做工吗？""我家里正要请人,快进屋里来吧！"铁算盘的胖婆娘在屋里答白。"老板在家吗？""刚才出门。""唔,老板娘一样做主。"十有呵呵地说。"贵姓呀？""姓背。""大名呢？""笼鸡,您就叫我'背笼鸡'好了。""哦,背笼鸡！你做工一天需要多少钱呀？"老板娘问。"我分文不要,只管吃饭。""那太好了,请进屋来吃饭吧！"老板娘十分欢喜,笑得合不拢嘴。

十有跟着老板娘来到厨房里,扯开肚皮,一口气吃了五大碗白米饭,老板娘一看十有这个吃法,心里暗暗叫苦。

十有吃了饭,趁老板娘没注意,溜到阶基上,背起竹鸡笼便走,铁算盘的小女儿看见了,惊叫道:"妈妈,背笼鸡走了!"老板娘正不喜欢这个大肚汉,听女儿说他走了,才巴不得呢!便说:"背笼鸡走了就算了吧!"小女孩又喊:"背笼鸡走了!"老板娘火了:"你喊冤叫死,背笼鸡走了就算了嘛!"

小女孩急得哭了,冲到屋里一把扯着妈妈就往外走:"背笼鸡把我们那一笼鸡背走了呀!"

老板娘这才明白过来,赶紧扭着小脚追了出来,可是等她走到大门口,十有早已跑得无影无踪了。

十有来到稳生家里,把鸡笼往地上一放,笑嘻嘻地说:"稳生哥,这是给你讨回的工钱。"

大摆盐(筵)席

一次,张乡长下乡视察,六老爷为了巴结乡长,百般殷勤,每餐山珍海味不说,还请了一些乡绅作陪。

方十有看在眼里,恨在心上,决意将这些狐群狗党捉弄一番。他首先在村里扬言:"今天我老方要大摆筵席,宴请乡长大人。"然后请人写好请贴,送给张乡长和六老爷等绅士。又借来红漆桌凳,杯盘碗盏,请了厨师和帮厨,还在屋里挂了彩球、彩带,一派热闹景象。

张乡长和绅士都如约赴宴了。乡长坐了上席,六老爷和其余的乡绅也依次入席作陪。大方桌上摆满了酒盅碗筷,就是不见上菜。等了大约半个时辰,只见十有端来满满的一碟食盐,往桌子当中一放,彬彬有礼地说:"诸位,别客气,请中间来。"

乡长和绅士们个个目瞪口呆了。

方十有却不紧不慢地说:"这是我摆的盐(筵)席哩,一起吧!"

乡长和绅士们都哭笑不得。

气死六老爷

六老爷上了方十有几次当,便怀恨在心,想方设法进行报复。一年春天,他对十有说:"老方,你作我的田,三七开,实在划不来。今年斟个办法,让你占点便宜。"

"么子办法?"

六老爷想了想说:"收割的时候,我只要尖尖上的,其余的都归你。"

"是真的吗?"

"当然是真的。俗话说:'君子一言,驷马难追'。"

"一言为定!"

"一言为定!"

这年,十有把租来的三亩稻田改种了芋头。收割时,芋头和芋梗都归十有,六老爷只分到尖尖上的芋头叶,气得不得了。

当然,六老爷不会服输,第二年开春,他又对十有说:"今年,我只要蔸蔸,中间和尖尖上的一概不要。"

十有说:"好!"

这一年,十有将三亩田全部种了高粱。收割时,高粱和高粱秆都归了十有,六老爷分到的是满田的高粱蔸。

六老爷还是不肯死心,他又对十有说:"明年中间的归你,两头的我都要。"

十有又爽快地答应下来。第二年,他在田里种了甘蔗。收割时,清甜的甘蔗杆都归了十有,六老爷分到的是甘蔗蔸和甘蔗叶。这时,爱财如命的六老爷,气得口吐鲜血,晕倒在地,不几天便一命呜呼了。

张五郎守护梅山

刘发增

西周时代,有一户张姓人家,在梅山过着刀耕火种打猎为生的生活,日出而作,日落而息,生育了四个儿子。丙子年的正月间,张猎户的妻子梦见一只黑熊入怀,不久又怀了胎。到了九月初九的辰时,张猎户的妻子发作了,突然,雷电交加,狂风大作,山中狼嗥虎啸。张猎户惶惶不安,祈求上天保佑母子平安,当到午时雨停风静,房中传出了婴儿嘹亮的啼哭声,张猎户的妻子产下了一个黑不溜秋的胖儿子,夫妻喜不自禁,梅山广阔无垠,荒山野岭正需要帮手,这是上天对张家的宠爱,张猎户跟妻子商量:"老婆,这是第五个孩子,就起名为五郎吧。""你是一家之主,就依你的,只是生这个孩子时比生前四个孩子不同,我发作的时候忽然狂风暴雨,只怕一生中波折多。我们要恭请苍天保佑五郎将来无灾无难。"

当张五郎长到十二岁时,有一天,全家在山中劳作,张五郎的大哥不幸被毒蛇伤了小腿,一会儿,小腿肿得如小水桶般大,人也晕死过去。正当一家人六神无主时,忽然,山中响起了悠扬的笛声,只见一个少年骑着一头大水牛吹着牧笛向他们走来。这个少年看到张五郎大哥的伤势后,停止了吹笛,从牛背上飘然而下,与张五郎一家人打招呼说道:"你们不要急,我有办法治好他。"可是张五郎一家人半信半疑,这样一个看牛的少年有办法治好这严重的伤势。"呵呵,你们去筛碗水来,你们就相信我一回,我也不用你们

回敬什么。"

　　一家人见少年把话说到这个份上，只好死马当活马医，张五郎立即用碗到小溪中筛了一碗泉水来。牧牛少年接过水，只见他左手持碗，用右手在碗中划着符，口中念念有词，画完符后，牧牛少年从碗中吸了一口水喷向伤口，立即见伤口上冒青烟，一眨眼的工夫，伤口完好如初，腿也退了肿。张五郎的哥哥还站了起来，走路如常。张五郎见牧牛少年有如此法力，他跪倒在牧牛少年的跟前要拜师。牧牛少年说道："你有决心学法是好事，能为当地造福，你要拜就拜我小师妹姬姬为师吧，因为她道法比我高超，你如果有诚意，你就在下个月的五月初五午时焚香一炷，口念'太上老君姬姬如律令'，到时候我就来接你。当我师父太上老君问你向谁学法时你就端起神坛上右边那碗法水喝下，你会心想事成的。"牧牛少年说完，骑上水牛，化成一朵彩云向东而去。

　　原来这个牧牛少年就是周朝周穆王（周穆王姓姬名满）手下的将军律令，当时周穆王西征路上与西王母相遇交谈甚欢，西王母指引律令与周穆王的妹妹姬姬同时跟太上老君修炼法术，如能修炼成功，可以在西征路上助一臂之力，不久律令与姬姬在太上老君门下得道成仙。

不知不觉到了五月初五，张五郎一早起来，沐浴了身子，午时燃了檀香，向天默念了三遍："太上老君姬姬如律令。"不一会儿，就香风阵阵，漫天瑞彩，张五郎就恍恍惚惚来到了一个山清水秀的地方，有成群结队的白鹤飞翔，三三两两的白鹿在漫步。不远处的小山岗上一个少年在向他招手："我已经等候兄弟多时，请随我来。"律令领着张五郎来到一个瑞霭氤氲的洞府，看见一个穿着道士衣、白眉白发白须的老者正襟危坐在八卦炉前。张五郎纳头便拜道："师父在上，请收我为弟子。""你来自哪里？为何要拜我为师？""来自梅山，我不忍父老乡亲遭受水旱瘟疫及毒蛇猛兽的侵害，曾经立下为民除害的誓愿，师父您道法精通，只有师父您能帮助我。""有一份善心是好事，可我门规森严，你受得了苦么？""只要师父能教我仙法，就是雷打火烧，下十八层地狱我都愿意。""好，有志气，现在我有弟子两人，一个是姬姬，她有呼风唤雨、腾云驾雾、斩妖除魔、救人于水火之能；一个是刚刚带你来的律令，他有通天彻地、快如闪电之法。神坛上有法水两碗，看你喝谁的法水，就跟谁学艺。""感谢师祖成全。"站在一旁的律令向张五郎打着手势，要他喝右边姬姬师妹的法水。张五郎顺从律令的意思喝了法水。从此，张五郎就在姬姬跟前学法三年。

日月如梭，三年期限将到，张五郎由一个十二年岁的少年长成了一个玉树临风的美男子，姬姬不禁与他产生了情愫，暗定终身。可是，这师生恋犯了门规大忌，要是被太上老君发现，两人将会万劫不复。两人商量来商量去，准备期满三年后私奔到梅山的古木深山之中隐居。

有一天，太上老君把张五郎找来，对他说："你在我这里已经学法将近三年，你今天为我做一件事，就是把我门前的所有大树在七天之内砍了。""弟子领师祖法旨。"当张五郎到门前一看，这些古木每一棵都有十人牵手抱围一般大，一望无际将有千亩之广，就是七十天，也难砍完啊，他不禁打了一个寒战。这时律令走到他跟前说道："呵呵，五郎打什么寒战,这有何难,把手伸来,我教你一个撒土成兵之法。明天早上到山前只需如此如此。"律令拿着五郎的手掌划了符,还告诉了他一段咒语。第二日,天刚刚亮,张五郎来到山中,从地上挖了一把土,口中念念有词,然后把土撒向天空,只见很多大汉手持利斧从天而降,每人走到一棵树下奋力地砍起来,不到半天,所有树木被砍翻了。当张五郎喜滋滋来到太上老君面前交差时,太上老君对他说道:"虽然你砍了树木,但还不行,你要在三天之内,把所有树木烧成灰。"张五郎心中虽然不乐意,知道自己不行,是师祖为难自己的,但是不敢违抗师祖,只好硬着头皮答应。

　　张五郎唉声叹气地回到姬姬那里,对她说了太上老君为难他的事,姬姬微微一笑而说到:"这些天,我的右眼皮老是跳,掐指算了一下,是师父发现了我们的事,你做得好,你答应了他要你做的事,使我有时间想办法。我教你一个'五雷火之法',就是石头都可以溶为水。你明天只需到山中如此如此。"天刚到五更,张五郎来到山中,一边口念咒语,一边双手挥舞,不到三个时辰,那一些古木就被化成了灰。张五郎烧了古木,又到太上老君那里交差,不知道师祖又要吩咐什么为难的事来。"呵呵,五郎有出息,这么快就完成了,你明天把我这里的三升三斗粟米播撒到被烧了古木的土中,必须散播均匀,一天完成。""谨领师祖法旨。"张五郎虽口中答应的爽快,但心中无底,面带愁容地坐到土中发呆,姬姬做好中饭送到张五郎跟前说道:"五郎哥吃饭。""我怎么能吃得下饭,要在一天内,把三升三斗粟米播撒到被烧了古木的千亩土中,这是难上加难呦。""呵呵,你只管放心吃饭,我早就料到师父会做这件事。你一边吃饭,一边看师父的功夫。"姬姬把饭送到五郎手中后,从没有烧到的树上摘了一把树叶,在手中搓了一下,叫声变,只见很多少女手提竹篮在土中播撒粟米,不到半天,三升三斗粟米就播撒完了。

　　第二天,张五郎兴高采烈地又到太上老君那里交差,心想:树也砍了,种也播了,师祖应该不会为难我了吧。可是,事与愿违,真正的劫难才刚刚开始。"哈哈,五郎的功夫学得不错,你明天到土中把三斗三升粟米捡起来。你如果能捡起来,就免了你犯的门规罪。你如果不能捡起来,哼,有你好看的,我要把你化成齑粉。"

　　张五郎哭丧着脸回到姬姬面前说道:"师父,我们只有等死了,师祖要我把那些粟米捡起来,这是鸡蛋里挑骨头。""我早就知道太上老君不会放过我们,但是俗语说:夫妻同心,其利断金。我们只要不三心二意,一定能过得了这个坎。我已经剪了一些纸乌鸦,为了不使乌鸦吞了粟米,你把每只乌鸦的颈部系一根带子,再抛到空中。"第二天日上三竿时,张五郎按照妻子姬姬的吩咐,当把纸乌鸦抛到空中时,只见不计其数的乌鸦铺天盖地而来,两个时辰就把所有的粟米捡起来了。张五郎提着粟米交到太上老君那里,过升过斗,就少了半碗。太上老君将要发雷霆之怒时,姬姬就朗声而道:"师父,就是天也不足西北,地也不满东南,东量西折是自然规律,这不能怪张五郎。"太上老君说不过姬姬,只好暂时作罢。

  姬姬知道师父不会让她与张五郎成为夫妻的。姬姬带张五郎回到住处,她要张五郎明天回梅山,并为张五郎准备了一把雨伞,再三嘱咐张五郎在回家乡的路上,不管下多大的雨都不要打开雨伞,要回到家乡梅山时再撑开伞,到那时我们夫妻才会功德圆满。可是人算不如天算,仙人也有天机失算的时候。当张五郎走到武冈州就被太上老君发现了,太上老君运起神功,顿时雷电交加,倾盆大雨,张五郎在路上前不着村,后不着店,连一个躲雨的地方都没有,眼睛被雨淋得都睁不开,人也晕头转向,分不清东西南北,他忘了姬姬交代的话,匆忙从腋下取出伞遮挡暴雨,刚刚撑开,姬姬就赤身裸体滚了出来,张五郎立时听到了一声怨叹:"唉,五郎,你少了一点缘法,我们只好在此,成为夫妻,建坛场了。"张五郎连忙从身上脱了长衣包了姬姬回答道:"天意如此。我们就在此建道场,只要家乡有人来学法,我们就全心全意教。"张五郎夫妻就在此生儿育女,不久,安化的夏法显、谭法灵、周法明到武冈州张五郎夫妻门下学法,为家乡做了很多好事。

  叶落归根,游子思母,这是人之常情,张五郎在外学法也有二十四载了,到了三十六岁这一年,张五郎携妻带子回到了家乡,为家乡百姓做了很多好事。

  因此,在安化很多人家中的神龛上总是能见到供奉张五郎倒立的塑像,张五郎成为了梅山地区的守护神。

沙参救命

刘发增

有一日,嚣嚣和尚在行痴禅师的陪同下观赏辰山日出,两人在卯时就打坐在辰山顶上,行痴禅师泡了两杯在辰山精心采制的绿茶,一边品茶,一边看日出。当到巳时,只见东方一轮红日从山前冉冉升起,山下却是乳雾缭绕,半个时辰后,太阳发出金光万道,乳雾慢慢由浓变淡,一群白鹭在淡淡的乳雾里婆娑起舞,鸟儿清脆的欢唱声在幽静的山谷里响起,嚣嚣和尚情不自禁地运起丹田之气发出一声长啸,行痴禅师哈哈大笑而说:"道友好深的内力哟,武功不减当年。"两人的啸声和哈哈声犹若龙吟虎啸,在山间久久地回荡。"呵呵,彼此彼此,难怪道友在辰山隐居,化名为行痴,你是痴迷这里的仙茶,留恋这里的美景,真是修行的好道场啊。""哈哈,知吾者嚣嚣也!"

两人谈着谈着,嚣嚣和尚不禁发出一声悠悠的长叹,"道友,为何叹息呢?这可不是你的风格呀。""近来遇到一件棘手的事情。""你不如说来听听,我佛慈悲,可能为你分忧解难。""善哉!善哉!我昨天来你这里,经过太阳山下的卢至古家门口时,只见一片哭声,我好奇地走入他家里,只见卢至古气息奄奄,来人正在为他准备后事。左邻右舍告诉我,请了安化、益阳、桃源、武陵等地的名医看了,都说病入膏肓,没有救了。我给他探了脉,告诉对方他得的是肺痨,应该有救。我给了他一些我自制的药丸,可保近来性命无忧。如果要根除,我得再采药,卢至古是个乐善好施的贤良人,可是……""救人一命胜造七级浮

屠,道友的《一串珠》《伤寒十八页》秘方药到病除是出了名的哟,可有什么为难到你的。""可是,虽然有其救命方,但有一种主药难找到,道友也是精通岐黄之道的高手,方子是讲究君、臣、佐、使的配伍,没有君药,难以药到病除啊。""一种什么药?""南沙参。""哈哈,东方一朵紫云开,福气随即来,远在天边近在眼前,你请看!"嚣嚣和尚顺着痴行禅师的手指一看,只见身前五丈的地方有一片紫色的花朵,在早晨金色的阳光照耀下,像一片飘着的紫云。"哈哈,踏破铁鞋无觅处,得来全不费工夫,造化!造化!助吾者行痴也!"太阳山下的卢至古服用了嚣嚣和尚从辰山采来的沙参组成的"沙参玉竹清肺汤",三个月后疾病痊愈。

从此,辰山的沙参远近闻名。只要有人到辰山游玩,吃了山下农家乐土鸡炖沙参,一定会神清气爽。

两亲家较劲

曾立华

20世纪70年代,沙坪有两个匠人,一个是纵瓦匠,一个是书木匠。巧的是纵瓦匠的女儿嫁给了书木匠做儿媳妇,两人结成了亲家。那时的匠人都学了一点捉弄人的邪法,时不时喜欢露一手显摆显摆自己。有一次,书木匠家需要封一口灶台,就派儿媳到娘家请自己的老爸。纵瓦匠接到女儿的邀请,二话没说就跟随女儿到了女婿家。

纵瓦匠有个坏毛病,给别人做功夫都要讲究一点吃的东西,特别是给别人封灶必须要每天吃上两个鸡蛋,否则灶台就有蚂蚁危害。他的女儿也知道老爸有这个习惯,但是女儿认为自己的老爸不会害自己的女儿,家里有什么就吃什么,鸡蛋的事就免了那点礼性。

灶台封好以后,纵瓦匠因没有吃上鸡蛋心里不高兴,后来灶台上真的蚂蚁成群结队。女儿很生气地跑回家中,对老爸说:"你给别人做事想敲点东西吃,我不怪你。但我是你的女儿,女儿家中贫困,没有鸡蛋招待你,你也真做得出来。现在我灶台上的蚂蚁那么多,如果你不将那些蚂蚁灭掉,我就无法在婆家做人。"纵瓦匠板着脸孔对女儿说:"封灶没有鸡蛋吃,蚂蚁来了我不知。师祖传艺都一样,灶神不安我难治。"女儿见老爸这么不讲情面,只好憋了一肚子气回到了婆家。

书木匠见儿媳妇愁眉苦脸的样子,知道亲家没有给女儿情面。他安慰儿媳妇:"这点小事不要紧，也不要到外面讲，总有一天我会有办法灭掉这些蚂蚁的。"

过了一段时间，两位亲家在喝酒的同时，纵瓦匠说起家里需要做一张木床，书木匠自告奋勇地揽下了这桩事。

新床做好以后，纵瓦匠睡到床上每天都在梦里撒尿，等到醒来时，床单总是湿的。他意识到，亲家报复上自己了，故意在床上动了手脚。可是纵瓦匠心里明白，自己害人在先，要想消除彼此的危害，只好亲自上门赔罪。

那一天，纵瓦匠买了二斤猪肉，提了两瓶酒，低头走进了亲家的大门。书木匠心中有数，这次亲家登门肯定是有事相求，但他始终装得若无其事，而且也很热情。酒席间，纵瓦匠只好硬着头皮对书木匠说："亲家，上次给你封灶的时候，是我没有用心尊敬灶神爷，给你带来了麻烦，今天我是特意来给你灭蚂蚁的。以后我保证你的灶不再有蚂蚁危害。至于我那张床的事还是请你关一下元神，让我不屙梦尿就行了。"书木匠笑了起来："你这么大的人了还屙梦尿吗？"说着就将一大块肥肉放到纵瓦匠的碗里，"你屙梦尿，那是体虚。来，吃了这块肥肉，我保证你以后不再屙梦尿了。"两亲家边喝边笑，一直喝到了太阳落山。

从此以后，纵瓦匠真的不尿床了，书木匠的灶台上也再没有蚂蚁了。

毛老七

蒋英姿

毛老七真名蒋时化，原文溪乡文中水口山人，出生于光绪八年（1883）五月初七，因兄弟排行第七，人称毛老七。虽没有考上功名，但书还是念了不少，在乡里算文化人。毛老七把他的学问全用在捉弄人与逗乐人上面，在地方成为笑谈。水口山有一个叫丁卯嫂的女人，一只眼睛看不见，但人特别凶悍，经常为了一点小事就叫天望日骂人，毛老七知道她厉害，就时常故意逗她。那一年，丁卯嫂家里养了两头猪，准备一头杀了过年，另一头卖掉。刚好有个新化人托毛老七帮忙在文溪买一头猪。毛老七就要新化人去丁卯嫂家买猪。他特别叮嘱新化人，他们家最好的是一头边瞎子猪，你一定要买到那头边瞎子猪。新化人走到丁卯家买猪，丁卯嫂把他带到猪栏边，两头猪随便他选。新化人仔细检查了两头猪的眼睛，说："这两头猪我都不要，我要买你屋里那头边瞎子猪。"文溪方言中边瞎子是指一只眼睛看不见的人，丁卯嫂一听气得暴跳如雷："你娘是边瞎子！你爷是边瞎子！你祖宗十八代都是边瞎子！"将新化人骂了个头顶开辣椒花，而毛老七躲在家里一个人乐不可支。

还有一回，毛老七从碑基仑经过，看到后面有两个女人过来了，就赶紧躲到路边的草丛里，装出女人的呻吟声："哎哟！是儿是女快些落来——"两个女人以为有女人在路边要生孩子了，赶紧循着声音跑到草丛里去看究竟。结果看到毛老七撅着屁股在拉屎，两个女人尴尬得转身就跑，后面传来毛老七的骂声："拉泡屎都要赶着看，没见过啊！你娘不拉屎你爷不拉屎啊！"

大禾场有一个叫旺西客的男人，爱打牌押宝。毛老七从大禾场经过时看到旺西客的老婆在桥下洗衣服，他装作没看见她，一个人一边走路一边自言自语："今天旺西客屋里有么子路哦，称古大一块肉。"旺西客的老婆听了以为旺西客真的称了肉回来，在家里等着。等到晚上旺西客回来却是一双空手，她问旺西客要肉，旺西说没称肉，老婆认定他把肉送给自家母了，两口子为此大打一架。

毛老七是个读书人，穿着讲究，平时都是长衫礼帽，让人从心底里生出几分敬畏。有一回，他在王皮仑坡上碰到一个挑着一担瓦罐的商贩，赶紧走到那人跟前，躬身深深地施了一礼，吓得那卖瓦罐的小贩也俯身还礼，手忙脚乱之时，瓦罐担子在陡坡上没放稳，"劈里啪啦"滚下了坡。

毛老七是村里的角色老倌，算写俱全。谁家里打官司，必请他写状纸，谁家里办酒，要请他写对联。村民之间闹纠纷，也会找他帮忙调解，就是用他特别的逗乐方式保持和谐。有一回，逃兵坪一户人家的猪经常吃邻居家地里的庄稼，邻居警告过其主人多次，无效。女主人是个厉害角色，还和邻居对骂。邻居一气之下把猪打死了。女主人一哭二闹一定要邻居赔一头猪，无论如何也不肯把死猪从邻居的地里拖回去。邻居请了毛老七帮助平息事端。毛老七也不问青红皂白，叫人把猪拖回邻居家脱毛刮皮开膛破肚，砍了一块肉炖了，大家一起吃。吃饭时谈今论古不扯到正事上来。饭饱之后回家，邻居送他到禾场边，他大声说："你多准备一点酒，我明天还会喊几个人来。"

猪的女主人在屋里听到毛老七的话，心疼得不得了。猪肉已经被平白无故地吃掉了一块，明天还要多喊些人来，岂不损失更重？毛老七离开不到五分钟，她就叫上自己的家人把肉抬到自己家里去了。至此，一场纠纷不了了之。

真武大帝怒锁青龙

高银桥

安化马路镇的青龙洞有两个神奇之处：一是溶洞长达七十里，属于全国长度之最；二是洞里锁着一条犯了天规的青龙。

这条青龙本是洞庭龙王的小儿子，最受宠爱，掌管着资江水域。青龙恃宠而骄，刚接管资江时还算勤勉，可是不久就对兴云降雨失去了兴趣。青龙贪恋美色，常常化身游学的俊美少年，到附近猎艳，一旦遇到中意的姑娘，就使尽手段骗到自己的水府龙宫蓄养凌辱。可怜姑娘们幽居水底，无法逃脱，而姑娘的父母以为女儿远嫁他乡，无法通信，竟使得青龙屡次得逞，恶行尽显。

天网恢恢，终于有一次，一个烈性姑娘趁着青龙外出，拼死从龙宫逃回家，这才揭发了青龙的罪行。失去女儿的村民们焚香祷告，咒恨青龙，这股怨气冲天而上，被总管四方水责的真武大帝所知。真武大帝一面派出龟蛇二将搜拿青龙，一面招来洞庭龙王问责。

龟蛇二将来到资江，没有遇到虾兵蟹将的阻拦，正疑惑时，一阵乐响，水府宫门大开，青龙正彬彬有礼三恭六迎。原来青龙得知自己引来众怒，大惊之下，连忙清除痕迹，将所有骗来的姑娘们转移到了一处幽深的溶洞，又训斥手下兵卒不准多口。龟蛇二将自然白跑一趟，走遍水府也没有找到青龙恶行的证据，只得带着他悻悻而回。

青龙到了天庭，顿时哭倒在地，抱住洞庭龙王双脚诉冤，只推说风雨调度时有偷懒，却不曾败坏人间女色。洞庭龙王本就宠爱青龙，听他诅咒发誓，又见龟蛇二将没有搜到证据，就对真武大帝好言相求，希望大事化小。真武大帝无奈，只好安慰洞庭龙王，又狠狠告诫青龙一番，这才打发他父子回去。

洞庭湖除北接长江水系外，在湖南有湘、资、沅、澧四水同注，号称"横亘七八百里"，是"五湖四海"中第二大湖。洞庭龙王的龙子龙女遍布湖南各处，掌管着大片地区的风雨调度，因此真武大帝对他十分客气，在没有证据时绝不肯轻易降罪青龙。

记录三界功过善恶的金童玉女见真武大帝懊恼，自告奋勇下界查探。他二人知晓青龙狡诈，明察必定无果，只能设计暗访。二人商议后，化身成为一对私奔的小青年，在云台山脚下的村庄居住。金童玉女一个英俊勤劳，一个美貌贤惠，不久就美名传遍了附近的村庄。

这青龙安分了一段时间，见风声过去，故态复萌。这一日，青龙化身游耍，听说了有漂亮姑娘私奔到附近，一看之下，立刻被玉女的美貌吸引，上前几次勾引，始终无法打动玉女，吃了闭门羹。青龙被吊起兴致，心生一计，回宫点齐了虾兵蟹将，变换身份，假称自己是玉女的未婚夫婿，联合了娘家来接人。古时候礼教大防，村民们虽然同情金童玉女，却只能眼睁睁看着玉女被众人抢走。

金童假装追赶时失足落水，却暗自回天禀告。真武大帝得知消息，立刻带领龟蛇二将捉拿青龙。青龙抢走玉女后，正要霸占，听说龟蛇二将打来，慌忙命手下将玉女押解到溶洞。

青龙迎接真武大帝一行，百般狡赖，却见金童摇身一变，变成私奔的青年。青龙大惊，明白已经中计。真武大帝不容他走脱，将手中宝剑一抛，正中龙脊。青龙哀嚎一声，拼死逃入溶洞，却见玉女早已将落难的姑娘们救出。真武大帝正要追杀，被赶来的洞庭龙王冒死拦住。真武大帝看洞庭龙王苦苦哀求，甚至以身代罪，念其年老心诚，免了青龙死罪，却废了他一身法力，将他锁在洞中，又在山上布下几道禁制。

青龙在养好伤后，惧怕洞口禁制，只得朝另外方向打洞。千年以来，青龙打通数条支路，却总是被古藤、古木、怪石等禁制阻拦击伤。明朝时期，村民们时常听到青龙躁动，就在山上修建了真武寺，供奉真武大帝、南岳圣帝、观音菩萨等诸多神像，以求保佑。或许哪一天，云台山上的禁制被毁坏后，青龙就会破洞而出。

真武寺

陈智勇

在云台山上,有一座真武寺。这座寺始建于哪一年,现已无从考证了。但是,关于建这座寺的故事,几百年来却一直在当地老百姓的口中流传着。

相传很久以前,在云台山上,有一户姓邓的农民。这户人家有兄弟五个,他排行第五,父母便给他起名叫邓五。

邓五20岁那年,娶了一个如花似玉的妻子。第二年夏天,妻子给他生下一个胖小子后,便撒手人寰。可怜这个邓五,是既当爹来又当妈,含辛茹苦地拉扯着儿子。

儿子5岁那年,得了一场怪病。说来也怪,儿子只是整天不吃不喝,昏睡不醒,时不时还说着胡话。

一天晚上,邓五守在儿子的床边,看着儿子不声不响,不由得悲伤起来。他想:要是儿子的病治不好,怎么对得起死去的妻子?要真是那样,他也不想活了,要随儿子一起到九泉之下去见妻子。

正这样想着,一阵风吹来。邓五抬头一看,只见一个仙风道骨的老者来到床前对他说:"你儿子的病没什么大碍,只要到武当山真武寺去求神拜佛,他自然会醒来。"

邓五心中感到疑惑,正想问老者儿子患的是什么病时,哪里还有什么老者?站在他面前的,分明是他那死去的妻子。

邓五的妻子用手指着他说:"邓五啊,你赶快按老人说的去做,或许我们的儿子还有救。"说着,她双手将邓五一推,邓五一个趔趄跌倒在地。他睁开眼睛一看,原来是南柯一梦。

邓五仔细回忆着梦中的情景,觉得事已至此,也只有一试了。于是,天亮后,邓五将儿子托付给几个哥哥照看,独自一人到武当山求神拜佛去了。

说也奇怪,邓五到五台山拜佛回来,刚到自家门口,就看见儿子在屋前活蹦乱跳。

邓五心里明白,这一定是武当山的菩萨显灵。他心里暗暗地发誓,每年这个时候,一定要到武当山真武寺去还愿。

就这样,邓五在每年的夏天都要到武当山真武寺去还愿。这一还便还了60多年,邓五也是儿孙满堂了。

这年的夏天,年已80多岁的邓五像往常一样到武当山真武寺去还愿。一路上,邓五深感自己的体力不如从前。平时半个月的路程,这次他却走了20来天才到武当山。

在真武寺还愿的时候,邓五将自己年老体衰的情况跪着告诉了菩萨,说明年只有要儿孙们来替他烧香还愿。

这天，邓五睡在客栈里，又梦见了60多年前梦见的那个老者。那位老者对他说："邓五啊，你们安化云台山山高林密，风景优美，常年云雾缭绕，到处充满着仙气，你何不在那里修建一座寺庙？菩萨有七十二般化身，你可以请一个菩萨供奉在寺庙里，这样既少了千里奔波之苦，还可造福乡邻呢。"

梦醒后，邓五知是菩萨显灵，于是，天亮后他便到真武寺请了一尊菩萨背在背上，踏上了返家的旅途。

回到家后，邓五将在武当山所做之梦和自己想在云台山集资修建寺庙的想法告诉了乡邻们，并当场拿出自己多年来积蓄的50两银子。

乡邻们认为，在云台山修建寺庙是造福子孙的大好事。他们为邓五的善举所感动，纷纷捐出银子来支持修建寺庙。不到半天时间，竟然筹到了300多两银子。

他们一面请人按照武当山真武寺的样子绘制图纸，一面派人到云台山下及周边县去化缘。同时，还派人采购修建寺庙的材料。他们边化缘、边设计、边施工，不到一年时间，寺庙便竣工了。真武寺建成后，邓五将在武当山请来的菩萨由匠人按1:200的比例雕刻成一尊大菩萨，安放在大堂里。他还亲自到武当山请来一个名叫玄机的道士到庙里当主持。从此，云台山真武寺的香火日渐旺盛起来。

钱癫子

龚赤清

我们龚姓人家从奎溪骈塘搬过来的时候，据说还是民国初年，他们就住在石桥边、土地坪、楠竹湾、凉水井等地，标草为号。老祖宗生下四个儿子，时怀、时武、时显、时为。钱癫子是怀公的子孙，他究竟叫什么名字，无人知道，更不知他的生卒年月，只知道他学了一身好武艺，疾恶如仇，深得当地老百姓的敬重。

钱癫子就住在土地坪，父母死得早，而且都死于天花，所以，他天不怕地不怕，唯独怕天花。凡是见着患天花的人，他老远就躲开；要是近距离看到患天花的人，他都要呕吐一阵，连黄疸水都吐出来了。

也许是长期没有钱花、对钱特别渴望的缘故，人们在他面前只要一说到钱，他就瞪大双眼、凑到你跟前听你细说；只要是手上得到哪怕是一文银子，他都要手舞足蹈好一阵子，这就是他钱癫子这个绰号的来历。

不知道是哪年哪月哪日，钱癫子邻居家的大黄牯一夜之间就不见了，早上邻居起早放牛，发现牛栏空着。四处打听，也没有结果，像是人间蒸发一般。邻居急了，火急火燎找到钱癫子，一膝跪在钱癫子面前，磕头如捣蒜："贤弟，你要帮我，大黄牯可是我的命根子啊！"邻居将丢牛找牛的事细说了一遍。钱癫子略一思忖，认为附近没有，一定是不法牛贩子所为，周边只有溆浦低庄有贩牛市场，于是他打点行装赶往溆浦低庄，与邻居一道寻找大黄牯。

溆浦低庄的贩牛市场真是红火：几里开外的平地上到处都是牛，黄牛水牛、贵州高原牛、些许西藏牦牛，一眼望不到尽头。这么多的牛让人眼花缭乱，到哪儿去找大黄牯呢？钱癫子真有点大海捞针的感觉。

这时，西边的山脚下一阵骚动。开始是几头牛在奔跑，紧接着传来刀剑的碰撞声，有人打架了。钱癫子与邻居赶紧凑过去，钻过几层人群才算看清了场面：牛停止了奔跑，一个中年男子倒在血泊中死了。一打听才知道了一点原委：偷牛贼将偷来的牛牵到市场来卖，不料牛主人找到自家的牛要牵回去，偷牛贼不让，双方打了起来，牛主人会一点武功，带了一把剑与偷牛贼对打，终因寡不敌众……可怜的牛主人，找牛不成，反被偷牛贼砍死。钱癫子与邻居在焦急的同时，也为牛主人叹息。两人合计，先吃点东西再去打听。

他们来到一家小饭馆，要了两份红米饭、一个豆腐，外加一碟小菜，两人一边吃一边思忖着如何才能找到大黄牯。这时，饭馆隔壁传来大声呵斥："你是猪脑子！昨天晚上牵来的牛，今天就卖……你赶快去四川躲几天，没有我的许可不要回来。"立即就有开门声，不到一碗饭的工夫，刚才呵斥的人又说："你们几个给我听着，才牵来的牛，至少要关他十天半月再来卖。"听了隔壁的话，钱癫子感到事态严重。邻居小声问钱癫子怎么办，钱癫子侧过头去："别急，慢慢来。牛肯定不在这里，我们要到周围的村庄去找。"周围的人家几乎家家都有牛，少则两三头，多则几十头。钱癫子与邻居也装扮成牛贩子，到处看牛，跟这家说说价，到那家看看牛，直到第三天下午，才在一里路开外的独户人家旁发现了大黄牯。钱癫子与邻居合计，决定等到晚上再动手。

半夜时分，外面已经漆黑一团，只有远处一两点亮光在闪烁。两人摸到牛圈旁察看动静，发现主人每隔一个时辰都要起来看一看牛。钱癫子想，这一定是贩牛团伙花重金请的。既要主人脱得身，又要牵到牛，于是他把想法跟邻居说了，然后就开始行动。他们俩趁主人再次察看的时机，冲上去先堵上嘴，再绑在柱子上，还在他身上弄出点血印子才悄悄离去。钱癫子也不敢回家，与邻居一道躲在不远的亲戚家，等风声过了再回去。五天过去，钱癫子回家探探虚实，发现没事才回家。

冬天来了。十月的一天,邻居家突然闯进三个拿刀的人,进门就说邻居偷了他们的牛,对邻居一顿暴打,将邻居打得鼻青脸肿,然后赶上大黄牯走了。钱癫子正好从山上砍柴回来,与偷牛贼撞了个正着。钱癫子放下柴火,将扁担紧握在手,大喝一声:"牛不能牵走!"钱癫子跟他们论了一番理,偷牛贼见理赢不过钱癫子,依仗人多势众打了起来。那三个偷牛贼做梦也没有想到,三个人都被钱癫子打得头破血流不说,三把刀也落到了钱癫子的手上。三人连忙磕头饶命,保证不会再来报复,钱癫子才放过他们。

第二天天亮不久,土地坪就凭空多了许多生面孔,他们到处找人。只有邻居和钱癫子知道,他们是冲钱癫子来的。钱癫子也不回避,在自家门前的大坪里就跟他们打了起来。陌生人每人一把砍刀,在冬日的阳光下,闪着寒冷的白光。钱癫子手握一根齐眉棍,舞得呼呼生风,一招一式,灵活多变,什么饿虎扑羊,什么鹞子翻身,什么皮帘遮洞,什么五腿搬家,一时间,偷牛贼们头破血流的,手脚分家的,断手断脚,哭爹叫娘、鬼哭狼嚎一般。钱癫子见人越打越多,渐渐力不从心,他忽然发现十米开外是一丘冬水田,刚翻过的泥坯清晰可见。他打翻两个偷牛贼,几个筋斗就跃到了田中央的泥坯上站定,缓过几口粗气,就向偷牛贼们招手,示意要他们过来。偷牛贼们以为泥坯是坚硬的,也跟着纷纷跳下田去,结果泥水淹到了膝盖,行动速度慢了许多,这让钱癫子占到了上风,偷牛贼们无法集结成团攻击,只能一个一个的上前,这样为钱癫子各个击破创造了良机。

从上午一直打到太阳偏西,偷牛贼们除了没占到一点便宜之外,重伤十多人,轻伤三十多人。周围所有龚性人家的青壮年们都拿起武器,浩浩荡荡将偷牛贼包围起来,只要钱癫子吃亏,就要冲上前去助上一臂之力,将偷牛贼赶出去。偷牛贼们见势不妙,拖着伤员,落荒而逃。以后的好几十年里,偷牛贼都不敢涉足土地坪,都知道这里有个钱癫子武功高强,能以一当十。

为了防止偷牛贼的暗算,钱癫子接受了好心人的建议,带上盘缠,在外漂泊了好几年。直到数年之后,家乡确实没发生什么意外,才回到家乡过平淡日子。

鱼

周 意

　　初晨之时,幽深山谷中慢慢腾起一卷白雾。云层层堆积,被风推着走。风轻轻吹过蘑菇似的云,云散铺开来,好似红鲤鱼的鳞片,周边泛着淡淡的橘黄红。光并不刺眼,从天边温柔地飘落下来,穿过云层散射在安静的山谷之中。一时间,白雾早已溢出山谷,绕到了山顶。腾云起雾如云海涌动穿行在山谷之中。安静的山下,是一潭湖水,五颜六色的似染布条游动的鱼生活在这里有上千年的历史了。寒冷刺骨的湖水滋养了一种带有灵气的鱼。

　　奇花异草一般适宜高寒的山谷中,特别是那稀少的名贵药草。几百年之久未曾修理的路,早就已经消失了。乱长的杂草到处都是,长筋条的杂草也有两三米了,把这里与外界完完整整的隔离开来,似在隐藏一个秘密。

　　"大夫,大夫……你快开门啊!你快开门救救我家闺女啊!"金属碰击的声音起伏不定,回荡在寂静的街道上。半轮月亮挂在天上,没有星星,没有云,只有那无尽的夜。

　　昏躺在床上的是一位年龄差不多二十几岁的女孩,瘦弱的脸上长着奇怪的东西,那东西好像鱼的鳞片,一小片一小片密密麻麻粘在耳朵上。大夫不语,妇女守在床边哭泣,"造孽啊,怎么就让那怪病巴上我家孩子啊?"哭泣的声音断断续续。这孩子本不是她的闺女,该妇女是一位寡妇,但在二三十年前在云台山下发现了这个孩子,如今都长大成人了。"你先别急,这孩子得的不是一般的病,但是,还是有药可救的。这种药叫千魂草。""什么?千魂草。""你暂且别给他吃带有红色的食物,那种食物会加重她的病情,长出更多的那种鳞片似的东西。你只需每天给她清水喝,即可。"妇人沉默了,无声的眼泪不由自主地溢出了眼眶。"过些天,我再来。切记别给她吃带有红色的食物。"

这村庄里只有这一家药铺。有经验的大夫推开那扇已上锁几十年的门。灰尘迎面扑来,翻开尘封已久的医书。医书记载说:还魂草,长年生长在寒骨的深水之中,枝条蔓长,叶条为深红色,是水草中的一种特殊带有灵气的仙草。还魂草本不是草,是千魂鱼中的一种:红鲤鱼化身而成,红鲤鱼的寿命有千年,千年之后,生命就停止了。死后尸体不会被湖水侵蚀,随着残土堆埋,沉入湖底,长成一种水草叫"还魂草"。还魂草把千年的灵气注化成一棵草,而千魂鱼仅生长在云台山山谷的湖水里。

云台山坐落在安化的东北部。

路已埋没,老大夫只好带上长矛刀,套上防水的皮革高靴,用刀拨开杂草,踩过泥湿湿的土壤来到了云台山下的湖水边,湖的周围并未生长有繁茂的花草,只有低矮的小花小草,积水特别多,也就成了一片小沼泽。湖水清澈见底,里面的千魂鱼清晰可见,鳞片颜色相同的鱼汇聚在一起,像一大团的彩色染液。湖中只有还魂草一种水草,草像少女的染发丝,柔顺叶条漂流在水中。把潜视管伸入水中,用采草棍采拔仙草,碎石从根低脱落下来。"终于采到它了。"老大夫走出山口,山路上的杂草又自动长出来了,恢复先前的模样。

"早在二三十年前,有一户姓鲤的人家,得了一种罕见的病,无药可治,后来都死了,被好心人葬在了五台山的山谷之中。"几十年前的坏事好似一个传说。

少女在用还魂草熬的汤喝下以后奇迹般的醒了,耳朵边的鳞片褪去。少女眼中泛着淡红色的光,望着母亲说:"娘,我是一条鲤鱼。"

千年以后,少女的母亲早已去世。千年了,也是她再次重生之日。她独自来到云台山的湖水边,跳入水中,沉入湖底。

湖水清澈见底,一颗艳红的仙草生长在水中。

青龙古藤

谭玲玉

青龙洞出口的峭壁上悬挂着许多千年古藤,好多人都见过,但它的成因知道的人却很少。

传说在五千年前,人间有一个地方比仙境更迷人,那就是青云山。这里的小伙个个身强体壮,这里的姑娘更是如花似玉,并且这里的人个个长寿。在这里,没有战火,没有硝烟,大家生活在一起和睦相处。可是好景不长,在一个月明星稀的夜晚,天空中突然乌云翻滚,地面上飞沙走石,一座座亭台水榭在狂风暴雨中摇摇欲坠。人们迷惑的望着天空无可奈何。突然,天空中传来一阵阵怪笑声,伴随着电闪雷鸣,使人震耳欲聋。这时,天空中又传来一字一顿的说话声:"愚蠢的人们,你们给我仔细地听好,我乃青龙洞的黑风魔王,从此以后,你们可得听我的命令,每年选一个美女进贡给我,否则……哈哈哈哈。"人们仔细一看,天空中出现了一个青面獠牙的怪物,全身乌黑,手舞足蹈,说完就呼的一声远去,很快就消失得无影无踪。这时,一阵风刮过,不少的房屋垮塌,不少大树被挂断,一些胆小怕事的人赶快来劝国王屈服。可是,年轻的国王认为,一个真正的男子汉,就应该敢于与黑风魔王斗,去勇敢地拯救生灵。于是,他带领一支能征善战的队伍去迎战黑风魔王,可是好几次都失败了,有一次还差点丢了性命。年轻的国王毫不气馁,决定与黑风魔王同归于尽。经过一段时间的观察,他发现,蛮干一点也行不通。为了这事,国王吃

不香、睡不安,恰似热锅上的蚂蚁。国王的这些举动让玉帝的小公主知道了,要助国王一臂之力。原来,小公主早就爱上了这位年轻勇敢的国王。看着心上人寝食不安,小公主非常难受,小公主决定下凡,与自己的心上人一道征服害人的黑风魔王。

一天晚上,她趁玉帝不注意,驾上白云,悄悄地来到了人间。小公主看到原来仙境般的青云山村已是残垣破壁面目全非了。她连忙飞到了国王的宫殿,看到国王无可奈何的躺在龙椅上,脸色是那样的憔悴。小公主见了,心中涌上一阵痛楚。她向国王鞠了一躬,说:"年轻的国王,我是玉帝的小女儿,特地来帮助你战胜黑风魔王。"接着,她把黑风魔王的来历介绍了一遍。原来,黑风魔王是王母娘娘的一只黑猫,只因他偷吃了玉帝的仙丹,又有王母娘娘袒护,特别喜欢胆大妄为,于是变成黑风魔王、下到凡间来残害百姓。这妖魔虽然法力很大,但有一个致命的弱点,他的头上长了一个红点,是任何东西都不能碰的,刀剑只要刺进这个红点,就会一命呜呼。年轻的国王听了,从龙椅上一跃而起,拿起宝剑就要去找黑风魔王。小公主急忙喊住说:"你身体这么虚弱,怎么有力气与黑风魔王搏斗啊?给,这是一颗仙丹,吃了就可以恢复元气。吃了吧。"国王接过仙丹,点了点头,将仙丹放进嘴里,走了。

国王来到青云洞口,只见洞口妖气蒸腾,云烟袅袅。国王派一名士兵前去叫战,不一会儿,狂风大作,士兵满地打滚。就在这时,狂风停了,清风拂面,国王莫名其妙。国王正在疑惑之际,黑风魔王出来了,他大吼一声:"你们这些手下败将,还来做什么?快点投降吧,把美女送上来饶你不死。否则的话……"国王也大喝一声:"要我投降,妄想!今天,我一定要杀死你,为死去的人们报仇!"说完,国王举起宝剑,一个箭步冲过去,对准黑风魔王劈头砍了下去。黑风魔王嘿嘿笑了两声,一个转身就不见了。国王大吃一惊,以为自己看花了眼,他立即驻足不动。这时,危险悄悄来临,黑风魔王的剑正从国王的后面隐隐刺来。公主见了,急忙扑了过去,用手轻轻一推,黑风魔王的宝剑立即断成三截。黑风魔王恼羞成怒,施展法术来对付小公主。顿时,飞沙走石,天昏地暗,天空中,无数把利剑正朝着国王和小公主刺来,可他哪里是小公主的对手啊?小公主只用手轻轻一挥,所有的剑锋都朝黑风魔王刺去。魔王更加恼怒,把衣袖一甩,所有的利剑又都折断,雨点般纷纷落在地上。小公主发话了:"刚才你用了两次法术,现在应轮到我啦。"说完,飞上半空,端坐云头,嘴里不停地念着咒语。突然,黑风魔王双手捂着头,在地上滚来滚去。说时迟那时快,一柄短剑闪着金光向着黑风魔王飞去,正好刺中那红点,黑风魔王哼都没哼一声就从悬崖峭壁上摔了下来,粉身碎骨,一命呜呼。

大功告成,回到宫里,国王决定好好庆祝一番,并决定向公主求婚。因为这些日子,他发现公主与他并肩战斗,心有灵犀,而且法力高强,是个治国安邦的好助手。国王与公主成婚之后,恩恩爱爱,把国家治理得富庶安康。可是,王母娘娘对国王恨之入骨,因为国王害死了她的宠物,而失去了许多乐趣,决定要害死国王。机会终于来了。有一天清晨,年轻的国王与皇后双双骑着仙鹤在后花园玩耍,王母娘娘的脑子里很快就生出一条毒计。她用手对着仙鹤一指,仙鹤立即中了一箭,向地面栽了下去,国王是凡人,不会飞,也跟着坠了下去。小公主见了,惊呼一声,连忙伸手去拉国王,可王母反手将小公主拉了上去。小公主只感觉眼前一黑,便什么也不知道了。等她醒来,发现自己躺在草坪上。他向四周一看,不见任何人的影子。她回想刚刚发生的事,立即爬起来,跑到过往摔下去的悬崖边,发现国王直挺挺躺在悬崖下,她哭了,哭得很伤心,于是也一个箭步跑向悬崖纵身跳了下去。

过了几天,在这个悬崖边,也就是青云洞的出口处,长了几根长满绿叶的青藤,后来越长越多。据说,那些绿叶是他们的孩子。再后来,王母娘娘也觉得自己那样做也太残忍了一点,就派一条青龙下凡,用圣水浇灌这些青藤,使他们永久繁茂,从不枯萎,青龙从此变成了青龙洞的主人。

这就是青龙洞千年古藤形成的原因。

月山虎

龚赤清

月山虎本名龚月山,家住石桥边的溪坎上,生卒年不详,只知道他生活的年代是康熙年间,月山虎是他的绰号。他天生神力,饭量也很大,年轻的时候,乡里乡亲要是有什么重活,准得都要找他。他也不拉架子,顺便喊一声或是捎个信,他准会来帮这个忙,很得乡里相亲的喜爱。

他出生贫苦人家,没有土地,更没有水田,只有几间破房子,父母早逝,没有给他留下任何家产。他的生活来源全靠给别人打零工赚取工钱,所以,他得到的钱都是辛苦钱。要是天气不好,在家呆上十天半月,或更长时月,炉锅就会挂起来当钟打。但他有一点好,尽管肚子饿得咕咕叫,仍然不偷不抢,穷得光明正大,饿得磊落坦荡。可是,日子一长,终究不是个办法。思前想后,他决定去请教他认为喝了点墨水的秀才。秀才教他做点生意补贴家用。他觉得没什么生意门路,自己又没有本钱,怎么办呢?有一天,他无意中听说不少人家需要萍菜种,而且还知道,邻居家去年种的一大片萍菜没吃一回,最后都结成了种子,正愁没人要呢。他立马找到邻居,用两升米换来了那些萍菜种,并且请秀才写了一张广告:本家大量供应萍菜种,一碗米一螺。"一碗米可买一箩筐?太划算了"。人们纷纷议论着。大家陆续去找月山虎买萍菜种。到月山虎家一看,原来广告上说的一螺是一田螺,并不是人们说的一箩筐。这还不算,人们种了之后才发现,月山虎卖的萍菜种是木萍菜，只能供猪吃的。这是人们第一次上月山虎的当。倒是月山虎赚了一大笔，花两升米的成本，换来近一担米。这是月山虎的第一笔生意。月山虎的第二笔生意是卖犁弯。他做的犁弯不是从山上采来的自然长成的犁弯，而是砍来碗口粗的杉树现做现卖。他先在树上凿好孔，插上犁剑，等买主来了，他拿起一根杉树往膝盖骨上用力一摁，犁弯就做成了。清醒的人们都知道，这样的犁弯还会反弹的，结果是当面好好的犁弯，扛回去就不是犁弯了，更不用说能犁田。

人们两次上了月山虎的当，就再也没有人来找他做生意了。他偶然从外面带一丁点新鲜东西回来卖，人们也不敢要，生怕又上当。月山虎的日子又开始拮据起来了。这时，有人告诉他一个好消息：青云山七相公八老爷家要请月工，点名要他去，因为他人老实，力气大，工效高，答应付双倍工钱。

月山虎在青云山七相公八老爷家足足做了一个月的工夫。临回家的时候，他发现主人家院子里的一块麻石条适宜做上马石。月山虎左瞧瞧、右看看，久久不愿离去。主人见了，想唬住他："你只要扛回去，我就送给你！"哪里知道，月山虎不紧不慢地将一千多斤重的麻石条竖起来，然后弯下腰，大气未出，拔地而起就扛在肩膀上，闪闪身子，迈开步子走了，惊得主人在院子里站了好一阵子才走进屋去。一年以后，主人认为月山虎是一块好料，迟早是有出息的，于是就把自己心爱的女儿嫁给了他。这块上马石如今还摆放在一组稻田靠近大溪的路边。

做了财主的女婿，月山虎自然就不需要做苦工，更不会缺钱花了，从此舞枪弄棒、操练武功。五年下来，棍棒刀剑，样样精通，十八般武艺，样样出色。这一年，朝廷招考武状元，秀才将公文给月山虎看，兴致勃勃的叫他去应考。月山虎也不推辞，禀明岳父大人，拿了盘缠上路，赶赴京城参考。

到了京城，来到御林军校场，主考官们一字排开，高高地坐在指挥台上。康熙皇帝亲自主考。月山虎一路夺关斩将，几场比试下来，场场都赢，赢得了一阵又一阵掌声。眼看就要到最后关头，只剩下他跟一个王爷争夺状元了，只见一个宦官模样的人在康熙皇帝耳边嘀咕了几句，皇帝就起身走下指挥台，离开考场走了，比武只好作罢。当晚，月山虎美美的睡上一觉。

第二天,比武继续。几个科目的比试,月山虎与那位王爷都不分胜负。康熙皇帝摸了摸后脑勺,忽然看见旁边的屋檐下摆着一口盛满水的大缸,于是,就将比赛双方召到跟前说:"你们看到那口缸了吗,你们两个有谁抱起那口缸走一百步,并且缸里的水不许溢出来,谁就是状元!"通过抓阄,王爷先比。王爷在众目睽睽之下,在一片欢呼声中,将那口缸抱在胸前,很慢很慢地走完了一百步。轮到月山虎了。月山虎抱起那口缸,显得没王爷那样费力气,速度也要快得多。哪知就在走到九十八步的时候,场外不知是谁放了一个炮仗,"嘭"的一声巨响,月山虎吓了一跳,不由得多用了一点力,居然将水缸给箍破了,水洒了一地,手肘上还划出了几道血印子。"哦——王爷赢咯!"比赛场上爆发出惊涛般的呐喊声。月山虎瘫坐在地上,气得牙根咬得咯咯响。月山虎不知是计,只是干瞪眼。

从京城回来,月山虎蔫了好长一段时间。从此以后,再也没有人看见他逛街,原来他迷上了鸦片,一蹶不振。他没有一男半女,郁郁而终。

熊木匠与老树精

龙腾安

古时,在今天安化清塘铺镇毛栗坪一带,有一个木匠叫熊为贤,眼看着自己的乡邻们经常为邪气所侵,自己却无能为力,于是南下武冈州学法三年。学成辞师时,师傅交给他一套木匠行头,对他说:"今天师傅送你一套木匠法器,以后你就既靠它吃饭,也靠它防身。"送一段路之后,又脱下随身穿的一件小褂,穿在他身上。师徒两人依依不舍,挥泪而别。

拜别师傅后,小熊回到故乡,每天依旧帮人做木活,农忙时种地耕田,后来又娶妻生子。孩子渐渐长到四五岁,人见人爱。熊师傅一家和和睦睦,过着幸福俭朴的生活。

古时的毛栗坪,山高林密,有一千年树妖,仗着妖术高深,常唆使手下喽啰出来害人,今天这家人病,明天那家人癫,后天某家人故,以此讨得香火纸马、斋饭金银。熊师傅学法归来后,常应各家之邀,用符封杀、用斧砍杀、用火烧死了老树精很多喽啰。老树精想,也许我不能动你,难道我还对付不了你的儿子吗?因而决心收拾木匠的儿子。这天,熊木匠的妻子带着儿子去外采集猪草,将儿子放到一个大石头中间的一个小石坑内,交代他不许到处跑,妈妈就在石头周围。小儿在石头上玩水,忽然发现来了一个白发婆婆,背着一个篮子,走到附近,对小孩做手势要他过去。小孩正准备过去,又记起他妈妈不要他到处跑的话,就喊:"妈妈,我去跟那个老翁妈玩好吗?"他妈问:"哪个老翁妈啊?"抬头一望，什么也没有。孩子回到家就开始发高烧、说胡话。熊木匠一问事情原委，知道是撞了邪了，拿出墨斗，念起咒语，把墨斗左池扣住儿子，右侧墨斗一团墨影飞出，"喀"的一声，墨斗线也随着飞出，"铮"的一声，斗线绷断。熊木匠倒抽一口凉气，对妻子说："儿子目前是救回来了。我低估对手了，墨斗没扣住她，还把我射出的墨箭都带走了，墨箭绷断竟没受伤，好厉害的妖怪啊！看来，我们有点麻烦了。"

几天以后，熊木匠带着儿子，赶着三头牛，去摇篮墩踩田。他把儿子放在一个既看得见自己又看见牛的小坡上，让牛自己去吃草，他去踩田，儿子一个人在坡上玩。孩子忽然看见一只鸡正向自己走来，走着走着鸡头忽然掉了下来，身子却还是在走近，就叫："爸爸，远处有一只鸡。"熊木匠应了一声。儿子又叫："这鸡的头掉了。"熊木匠又随口应了一声"是吗"。过了一会儿，又听见儿子叫道："爸爸，我附近有一条蛇。""还有九个头呢"。"爸爸，九个头忽然变成了一个大头。"这时，熊木匠猛然醒悟，抬头一看，一条大蟒张着大口正扑向儿子。说时慢，那时快，熊木匠抽出近段时间备在身上的角尺掷出，角尺带着金光携着风声飞出，传出一声苍老的"哎哟"，飘落一片树皮。熊木匠牵着儿子的手，拿起树皮一看，自语道："原来是只老树精。"找到角尺一看，竟已折断，又自语道："好厉害的老树精！这一下竟也仅仅掉了一点皮。"

又过了一段时间。熊木匠的儿子与邻家几个大小差不多的孩子一起，在离家不远的一口堰塘边钓鱼，忽地有鱼咬钩。这几个孩子猛一提，堰塘竟起了一丈多高的水浪，扑到岸边。一个如棕树般头发、长着皮鞭一样手脚的人猛然跳出水面，几个小孩吓得魂飞魄散、掉头就跑。回到家后就胡言乱语、昏厥不醒。熊木匠把几个孩子的父母叫来，把自己的斧子交给一个看上去身手敏捷的，说："你们每人带一件武器，晚上我作法时见到活物，不管是家养的还是野兽，都给我杀死。"

晚上，熊木匠架上香案，望着高烧不退的几个孩子，说道："老树精，收手吧。修行千年不易。你不出来害人，你我互不相干。你要寻仇，冤有头，你来找我，放过无辜的孩子吧。否则你生死自负。你自行走吧。"连念三遍，未见动静。熊师傅点上香火，摇响法铃，念起咒语。忽见一只似猫非猫的东西影子窜出，众人刚想动手，畜生已然不见。那个拿斧子的人向黑影逃窜方向一斧砍去,只听见一声"哎哟"由近而远,落声处已在数十丈外。众人挑灯细看,只见地上一小节树根,斧头已砍出一大豁口。

  熊木匠知道与老树精结怨日深,算总账的日子近在眉睫,心里便多留了一个心眼,但夏天却平安逝去。七月十五日夜,天暗得特早,树林中时时刮出阵阵阴风,传出丝丝阴笑。熊木匠知道鬼节这天,鬼怪的功力达到全盛状态,树妖今晚定会现身。果然,天时刚到子夜,一阵阴风刮起,满天落叶齐飞。远看还似带柄的树叶,到窗前竟变成齐刷刷白晃晃的三菱飞刀,一齐向他飞来。木匠拿起刨子往床头一刨,刨花化作一遮天飞幕,一卷卷住所有飞刀。又见飓风呼啸,山中所有树木枝条摆动,荡到窗前竟变成一条条巨大的皮鞭狠狠抽来。木匠拿出锯子舞动一圈,这些鞭子如死蟒蛇一样软软地摊满一地。熊木匠哈哈大笑:"老树妖,看你还有什么伎俩,都使出来吧!"笑声未落,地上忽地窜出无数条毒蛇一样的黑色树根,呼的一声死死捆住木匠,紧紧勒住木匠的喉咙。木匠自知死期已到,想起树精又将危害乡邻,想起妻子和年幼的孩子,不由得流出了眼泪。又想起自己的师傅对自己的教诲和期望如今都要落空了,不由得大喊一声:"师父救我!"谁料身上那件师傅临别时送的贴身马褂猛地片片爆裂,冲天而起一股烈焰,木匠身上死死箍着的所有树根全部不见。随之"哐当"一声,一个烧得发黑的老树兜掉入院子中。

  原来老树精竟被熊木匠的师傅之护体的三昧真火烧死了。

  从此,毛栗坪一带林清山晏。熊木匠又继续为乡邻们打各种家具木器,后来,他儿子也成了一个有名的木匠。

龚绣彩以假乱真

夏汉泉

赤着下身买裤

一年秋天,龚绣彩和几个朋友住进益阳城里一家旅店。有一天,朋友逗趣说:"绣彩,天气冷起来了,今天上街,你能不能花钱弄条裤子穿?"绣彩说:"没有钱怎么能搞到裤子呢?"朋友们说:"如果不花钱能在大码头成衣店搞到一条裤子,今天中午我们请你的客!""真的么?""真的。""好,一言为定,你们前面走,我就来。"朋友们到成衣店看了一会,才见绣彩身着灰布长衫,慢吞吞地进来了。只见他东瞧瞧,西望望,这里摸摸,那里捏捏,最后选定一条灰色的裤子,拿到店主面前说:"这条裤子可以试穿么?"店主说:"可以,可以。"只见绣彩不慌不忙地把裤子穿上,然后又这里摸摸,那里捏捏,大摇大摆,踱出了店门。刚跨出门,店主大呼:"喂,那位客官买了裤子,还没有结账。"绣彩理也不理,只走他的,店主连忙追到街上,一把抓住他,说他买了裤子不拿钱,绣彩连忙申辩:"你找错了人吧?我连铺子也没进啊!"两人争论不休,围观的人越来越多。绣彩对围观的人说:"各位,我刚才路过这里,这位先生便抓住我,说我买了他的裤子没付钱。其实,刚刚从旅店出来,本来就只穿了一条裤子,请各位作证,来看看我到底穿了几条裤子。"说着长袍下摆一甩,把裤子带解开,要身边的人查看。几个人异口同声地说:"他只穿了一条裤子。"他又走到店主面前,要店主亲自检查,店主一看,本只有一条裤子。顿时语塞,只好连连向绣彩道歉:"是我看花了眼,请客官原谅。"

夏日炎炎烤炭火

洞下村有父子俩吵架,儿子不慎将父亲门牙打落两颗,父亲向族人哭诉,要求严惩逆子。当时按族规,要将儿子用楼梯绑架沉于潭底。后生惊慌无计,求救于绣彩,绣彩说:"你中午来。"时值夏日炎炎,酷热无比,后生中午走到绣彩家门口,只见绣彩关门闭户,儿子推门进屋,屋内酷似蒸笼,房中一盘熊熊炭火,绣彩戴着帽子,身着灰袍,穿了棉鞋,坐在炭盆边上烤火。绣彩见后生进来,以手示意,要他靠拢,好像要附耳授计。及至靠近,冷不丁耳朵被绣彩一口咬住,后生大呼,未及出声,耳朵已撕裂垂挂。后生大怒:"阿叔太狠心了,怎么无缘无故咬我。"绣彩大笑:"咬得好,明日敞开祠堂门,你可以哭诉于族长,说你父亲一口咬了你耳朵,你头一偏,不幸扯落了你父的老牙。你这样一说,包你无事。"后生大喜。

翌日,后生果然按计哭诉于族长。族长寻思,老牙本来松动,用力一扯,脱无疑。何况明摆着他耳朵撕裂,便免了儿子忤逆之罪。

掉了牙的父亲不服,一直耿耿于怀,及至父子和好如初,父亲便套问儿子撕扯耳朵是谁的主意,儿子如实说出是绣彩,父亲便又复诉于族长,要求族长严办逆子及助逆为虐的绣彩,族长再一次敞开祠堂门,要惩办他俩。传讯龚绣彩时,绣彩矢口否认,要求对证,族长忙传逆子,逆子说:"你家关门闭户,发起大炭火,你穿起皮袍子在那里烤火,你叫我到你面前,便一口咬了我耳朵,交代我按你说的可保无事,难道你老人家忘记了吗?"绣彩连忙问族长道:"上次开祠堂门是什么时候?"族长说:"是六月伏天。"绣彩不由放声大笑起来,"咯家伙已经癫得发狂了,你们还在这里办他的什么逆罪,难道你们没有听见他刚才说的这些癫话吗?什么关门闭户,发起大炭火,我穿皮袍子烤火,我龚绣彩冬天都没有这样大的福分,六月间穿皮袍子烤炭火,我又没碰鬼,只有癫子才讲这鬼话。"众人听了,一时猛了神,及至回过神来,龚绣彩已扬长而去。

斑竹千滴泪

刘 姣

在云台山的山脚下,有一片茂密的竹林,说来也怪,在竹林的最深处,有一种竹子一年四季都是青的,即使是寒冬,它也毫不屈服的在风中挺立着,成为霜天雪地里最耀人的一抹绿。正对着它的,是一条小溪,据说,这其中还有一个美丽而又感人的故事。

五千多年前,有个英俊的勇士叫斑。他英勇善战,足智多谋,深得部落首领的赏识。于是部落首领便把自己的女儿——素竹嫁给了他。后来,又把自己首领的位置让给了他。他上任后,励精图治,不断兼并周围的小部落,很快部落强大了起来。

斑到了晚年的时候,北方的云台山一带有几个部落发生了战乱。他决定亲自去视察一下,以平定战乱,免得百姓又受苦。他的妻子听说了这件事后,担心他的身体受不了长途劳累,再加上他年事已高,便极力劝说他派几个健壮的勇士过去,不必亲自去。斑说:"正因为这样,我才更应该在我还走得动的时候做点力所能及的事,这是我的责任,也是我的使命,我去意已决,你不要说了罢。"素竹拗不过他,只好说:"那行,要去我跟你一起去,多少有个照应。"斑皱皱眉头,说:"云台山一带,山高林密,路途遥远,你是女人,怎么吃得了那样的苦,不行,不行。"但素竹与斑同样固执,坚持要去。斑没办法,于是在一个漆黑的晚上,带上几位随从,悄悄地出发了。

素竹醒来后,发现斑已经走了,虽有点气愤,却也无奈,只能默默的祈祷斑能平安回

来。过了半个月，还不见斑回来，素竹心急了，决定独自去寻找丈夫。她收拾好行装，备好车马，踏上了那条充满险恶的道路。

走了十几天，素竹来到了一个樵夫的家中询问丈夫的踪迹，樵夫知道了她是斑的妻子，又听了她此次前来的目的，想到前方的路十分险恶，便让她暂时住在这里等待斑的消息，素竹同意了。素竹在樵夫家里迎来无数次日出，送走无数次日落，整天盼啊，盼啊，没有盼到斑，却盼来了斑的随从。看到他们一个个愁眉苦脸，哀容满面，素竹立刻猜到发生了什么事。侍从说："首领因突发疾病，暴死他乡，被葬在云台山脚下。"

素竹顿时两眼发黑，晕倒在地。

从此，素竹每天都要去云台山下看望自己的丈夫。她手摸着斑的坟墓，伤心地流着泪水，日复一日，年复一年，在斑的坟前形成了一条小溪，那是由素竹的泪水汇成的，它环绕过半个云台山，证明着素竹对斑奔腾不息的爱。

第二年春天，在斑的坟墓上长出了一棵竹子，上面还有斑斑泪痕，人们说，这是素竹的化身。这种竹子，也因此被人称作斑竹。它守护着斑，直到现在。

梅子仑上骂太爷

陶金生

在梅城朝南方向有一高山叫梅子仑。古时森林密布，人烟稀少，常有野兽出没，有一壮汉，名叫王老五，家中贫穷，没有田地，遂索性在深山老林搭一茅房，以打猎为生，虽然生活不是很好，但是他和妻子翠花还是可以吃饱穿暖，偶尔拿些猎物去县城换些油盐回来。

一日清晨，县太爷想去狩猎，他的枪法很差，但虚荣心极强，这可难为师爷了。师爷冥思苦想，找不到好的办法，没精打采地在街上转悠，忽然看到一个人扛着一只麂子，他拍了拍脑袋："哦！有了。"于是，迎上前招呼："喂，老兄，你这只麂子要多少银子？"那人说："我这麂子不要银子，给几斤盐巴就行。"哦，这人原来就是王老五，师爷心中大悦，这么大的麂子，少说也有五六十斤肉，而他不要银子，只要几斤盐巴，真是好事，于是就给了王老五几斤盐巴，他们两心相悦地各自走了。师爷吩咐衙役把麂子抬走，王老五则在街上溜达。

师爷回到县衙便向县太爷禀告："老爷，今天是狩猎的好日子，咱们就到梅子仑去打猎吧！"县太爷心中大喜，便吩咐师爷安排，于是带上两名衙役，穿上老百姓的衣裳出发打猎，不到一个时辰便到了梅子仑那深山老林。正好经过王老五的家门，师爷便过去讨茶水，这深山老林平日里很少有人来过。女主人翠花高兴极了，便挽留他们进屋并热情地品茶,谢过翠花,又开始上路了。

王老五在街上转了几圈,带着用麂子换来的盐巴,高兴地回家了,不一会儿,便回到了梅子仑,突然感到了肚子有点发胀,就到了一灌木丛中去屙屎,忽然看到十几步远躺着一只麂子,他便屏着呼吸注视着,那麂子一动不动像死了一样,而且越看越像今天早上去换盐巴的那只,心里很是纳闷。

县太爷一行走了一段山路,师爷突然嘘地一声,轻言道:"老爷,那里有一只麂子。"县太爷顺着手指方向望,果然有一只好大的麂子躺在那里,忙接随从手中的鸟铳,瞄准,"轰"的一声,师爷叫道:"老爷,打中了,打中了。"便叫随从去抬麂子,在灌木丛中拉屎的王老五,突然感到光屁股一阵剧痛,以为是被刺刺着了,用手一摸,一巴掌的鲜血,屁股越来越痛,连裤子都拉不上,不知道怎么回事,心想今天是见鬼了。不一会见有几人奔跑过来,见有两人来抬麂子,另外两人在嬉笑,其中一人竖起大拇指说:"老爷,真是神枪手,百发百中!"王老五定睛一看,这不是早上买麂子的那人吗?心中顿时明白过来,他一站起来,发现自己没穿裤子,无奈,只好哑巴吃黄连了。

王老五光着屁股,一拐一拐艰难地回到了家。翠花一看丈夫光着红屁股,便上前一把拉住王老五便问:"你这是怎么了?"王老五唉声叹气地说:"莫讲哒,今朝子背时,碰哒一个瞎子打了一铳。"翠花把丈夫拉到床上,边敷草药边问那些人的模样,王老五仔细地描述,翠花猛一拍大腿说:"咯哒砍脑壳死的,我刚还打了擂茶给他们打哒桶,要不得,我硬要到衙门里去告状,把我的男人打成这个样子。"于是翠花帮丈夫敷好伤口,准备了饭菜,便气愤地去县衙告状了。

县太爷一行刚回不久,正在庆功,心里沾沾自喜。突然听到击鼓声,忙叫师爷去看是怎么回事。师爷打开衙门,见一妇人击鼓,忙问清缘由,心里顿时明白了,便板起面孔说:"去去去,这等小事,你还来告状!"叫衙役把翠花撵出县衙,并转身紧闭衙门,衙役怎么也推不开翠花,翠花口中大骂,继续抡起鼓槌猛击起来,师爷听到鼓声,心想这肯定是个泼妇,便再次打开县衙大门说:"你这个堂客们,你告状要有状纸,不晓得一点规矩,没得状纸又怎么告状!"翠花也大声叫道:"我没读一句书,不晓得写什么鬼状纸,我只晓得把我男人打了一鸟铳,就要告状……"师爷见哄不走,便叫衙役强行架走翠花,将她推倒在县衙附近的大街上,翠花没法子了,只好又到县衙门口大哭大闹,顿时围了一圈人。有人问翠花怎么回事,翠花一一作答。一位老者上前道:"你这嫂嫂,回家去吧,你告的不是别人,是县老爷啊。如今这世道,官吏、朝廷腐败,到处的官老爷都是贪官污吏,你还是回去吧,没法告的。"

翠花没办法,只好悻悻地回到了家里,看到丈夫那个样子,火气更大了。于是搬走砧板,拿起菜刀,对准县衙方向,边砍边骂,骂了三天三夜,砧板也砍破了好几块,刀也坏了好几把。幸好老皇帝驾崩,新皇继位,对百官进行考核,于是京官考核省官,省官考核州官,州官考核县官。当州官到达梅城时,就听到了梅子仑上的叫骂声,几经查实,罢免了县官,为王老五一家伸了冤。

于是,留下了平日里常说的"梅子仑上骂太爷"的传说。

胡老五扯谎

陶金生

作为安化人,善于扯谎(骗人)的胡老五大名那是如雷贯耳,至于胡老五是安化何方人士、何朝人物?则众说纷纭。

(一)

以前过年女儿回娘家的时候,都要提几斤肉、一些酒和糖。这天,有个妇人,一手抱着孩子,一手提着这些东西,从新化那里走路回娘家。这时胡老五不知从哪里冒了出来,慢慢地就和这个妇人走到了一起,边走边聊,妇人问她:"你叫什么名字啊?"胡老五答到:"我叫'分四两'。"走了一会儿,胡老五又说了:"婶子,你累了吧!我和你同路,我帮你抱孩子吧!"妇人正是累的时候,便把孩子给他抱。胡老五是真的想做好事吗?他抱着孩子走了一两里路,就开始作怪了。他使劲的用手捏了孩子一下。孩子哇哇大哭起来。一会儿,孩子不哭了。胡老五又用力的捏了孩子一下,孩子又大哭起来,这样反复了好几次。胡老五便发话了:"婶子,你的这个孩子有点认生啊。要不你来抱孩子,我帮你提东西。"妇人犹豫了一会儿,要知道当时的肉可金贵的了!但是一想到刚才这个人这么热心的帮着抱孩子,便答应了。一会儿,妇人越走越慢,胡老五觉得时机来了,提着那些东西越走越快。到了前面的一个岔路口,他就朝着另一条路飞奔起来,这时妇人大喊:"大家快来帮忙啊,拦住他,分四两啊!"妇人边跑边喊,好心的路人拦住胡老五,胡老五说道:"你们拦住我干嘛啊?""那位婶子好像在叫你啊?""哦,那个人啊?她见我提肉,一定要到我这里分四两去吃,我就这么点肉,要给我的岳父老子送去的,哪里能分给她呢?""哦,那是的啊。"就这样,胡老五轻松的逃走了。等这位妇人追上来问明路人后,差点气晕过去。

(二)

胡老五扯谎渐渐出了名,于是有些不信邪的人,便开始有意测试他的"扯谎"水平了。一天,胡老五正与人闲聊,有人便说了:"胡老五啊,你扯谎这么厉害,你扯个谎让我见识见识啊!"胡老五脸色一暗,严肃地说:"快点别讲了,你们都说我扯谎厉害,我的爷老子(爸爸)骂的我不得了,我还敢扯谎。""没关系,没关系,你就扯啦!你的爷老子现在又没来。""哎呀,不扯了呢!等一下你们告诉他,我就有亏吃了啊!""没关系,没关系,你就扯啦!扯啦,扯啦!""你的爷老子现在还没来哩!"两个人一番争论后,胡老五面露难色地说:"你一定要我扯啊!""是的是的,你扯啊!"旁人急切地请求说。

"好的,那你爬到那棵树上去啊,帮我望望我的爷老子来了没有!我的爷老子一来,你就通知我啊。"那个人急忙跑到树下,爬了上去,这是一颗怀抱大的树,那人拼命的往上爬,终于到了树上,他上气不接下气的对胡老五说:"你的爷老子还没有来,快点扯谎啊!"胡老五笑笑说:"我把你骗到了树上,你还要我把你骗下来啊?"众人哄笑。

(三)

人怕出名猪怕壮。胡老五扯谎厉害的名气越来越大了。

有一天,同村人一起,闲得无聊,便又拿胡老五说了起来:"胡老五啊,你扯谎这么厉害,你扯个谎让我也见识见识呀!"胡老五脸色一暗,严肃地说:"快点别讲了,你们都说我扯谎厉害,我的爷老子骂的我不得了,我哪里还敢扯谎。""没关系,没关系,你就扯啦!""哎呀,不扯了呢!""没关系,没关系,你就扯啦!哎呀,扯啦,扯啦,再说,你未必就真那么厉害,别人都会上你的当!""哎呀,我不扯了啊,等一下扯了慌,搞得别人一家哭哭啼啼的""难道你真的这么厉害,不可能啦!"

"哎,那里有人在炸鱼啊,我要去捡鱼去了。"胡老五起身就走了。"你跟我去捡鱼吗?"这个孩子就是那个不服气人的儿子。

过了一个小时,胡老五对孩子说:"我家里有个装鱼的篓子,我回去拿,你在这里等我啊!""好,你去啊!"胡老五急急忙忙跑到小孩家里,对孩子的娘说:"婶子啊,不好了不好了。你的儿子刚才跟我捡鱼,掉到水里淹死了,快点拿床被子给我,看还捂得转吗?"孩子他娘一听,如掉入冰窟窿洞里,浑身凉透了。

"快点去告诉你的男人啊!",胡老五急急忙忙拿了被子就跑。孩子他娘慌慌张张就去喊他的男人去了。"男人啊,我们的崽摔倒河里淹死了,你还在这里聊天啊。"男人一听,面如土灰,和堂客哭哭啼啼奔河边来。

这边的胡老五,抱了床被子,跑到河边大喊:"孩子,快点莫捡鱼了,你们家起火了,好大的火啊,刚才我只帮你们家救出一床被子,你还不回家啊!"小孩一听,大哭起来。鞋子也来不及穿,直奔家中。三人相撞,泪眼婆娑。"家里不是起火了吗?""胡老五讲,你不是掉到河里淹死了吗?""啊,这个家伙啊,不骗人,不骗人。我看是不骗到我们鬼哭狼号不罢休啊!"

(四)

胡老五行骗了48年,到头来落了个无子无孙,得病了也没人照顾。只有他的一个婶婶,见他可怜,就照顾他。有一天,他对他的婶婶说:"婶婶啊,麻烦你照顾了我这么久,我有一样东西啊,将来留给你,那你就一辈子都用不完啊!"婶婶心里想,这个家伙,骗了别人一辈子,可能还真的有什么好东西?胡老五一病就是几个月,终日躺在床上。婶婶无微不至的照顾他。有一天,胡老五知道自己时间不多了,就把婶婶叫到床前说:"婶婶啊,麻烦你照顾了我这么久,我呢?时间也不多了。我讲的那个一辈子用不完的东西,也应该给你了。我家的楼上啊,有一对烂箩筐,将来你用它来拨灯芯或是剔牙齿,那是一辈子都用不完的啊!"

婶婶到胡老五家一看,真的只有一对烂箩筐。这个胡老五,说了一世的谎,到完了时倒是没撒谎。

油麻鸟

蒋华南

每到暮春时节,梅山地区洢水河畔,早晚时常会传来一种悲哀的鸟叫声"崽啊、崽啊"……

我在孩提时,夜晚,坐在火坑边,父辈们就给我们小孩讲了这个悲惨的故事。

这种喊崽啊的鸟,叫油麻鸟。相传,很久以前,乡里一个清贫的农家少年,父母早亡,孤苦伶仃,度日如年,在乡邻的帮助下,苦熬成人。他勤劳善良,尊老爱幼,深得乡邻喜爱,待到婚娶之年,便有好心人为媒,娶到一位贤惠女子为妻,夫妻恩爱,共创美好家园。次年喜得贵子,夫妻视为心肝宝贝,疼爱有加。

怎奈命运多舛,幼子刚满三岁,妻子便身患不治之症,撒手人间。留下鳏夫幼子,度日维艰。

乡邻看在眼里,急在心里。于是有人再次为其物色到一位女子填房,起初一家三口相依为命,日子过得也算平稳。翌年,后妻再添一丁,自然心喜。唯丈夫忧心忡忡,担心后妻日后虐待前儿。不出所料,当丈夫不在面前时,后妻处处为难虐待前子,无端责骂,视为眼中钉,欲除之而后快。孩子年幼无助,只好逆来顺受。

时光流逝,两孩渐长。此时长男年满七岁,次子也已满三岁。冬去春来,这年农历三月下旬,春种作物已下种出苗,稍有空闲时间,丈夫便随乡邻外出打短工挣钱,补贴家用,走时劝告妻子待两个小孩要一视同仁,如同己出,我方安心,妻子当面表示应承。

但时过不久,后娘又心生歹念,家中还有油麻未出种,于是,便叫两个小孩到屋后高山深处的一块山地上去种油麻。灭绝天良的后妈把一包炒熟的种子交与前子,又把一包合格的种子交与亲子,并责令两个孩子同去分开种植,但必须等油麻生长出来后,才能回家,暗藏险恶用心。

兄弟俩年幼无知,欢天喜地带上种子干粮和工具就上路了,一路嬉戏玩耍、走走停停,直到黄昏时,才到地里把油麻种下。然后,就近找到能避风雨的岩坎下,割些茅草堆成一堆,在前面起火,以驱赶野兽,夜晚进草堆中蜷缩过夜。饿了吃点干粮,渴了找山泉水喝,日复一日,等啊等,两兄弟眼巴巴望着油麻长出苗来。

第六天,哥哥种的出苗了,可弟弟种的毫无踪迹,原来,两兄弟在路上玩耍时,相互间拿错了种子,弟弟种下的是炒熟了的种子,自然不会发芽生根。而此时,兄弟俩所带干粮也所剩无几,弟弟便催哥回家,哥哥自然舍不得丢下相依为命的弟弟,觉得应该同去同回,兄弟又在山上熬了一个夜晚。

到了第七天,干粮已尽,饥肠饿肚,实在没有办法,哥哥只好回家取食物。别时,叮嘱弟弟:"千万莫乱走,我拿了吃的马上回来和你作伴。"哥哥急忙跑回家,向后娘禀明实情,后娘雷急火忙地赶到后山深处山地上,哪里还有亲生崽的身影,只见一条血迹斑斑的痕迹和挂在刺条上的烂布筋,孩子被老虎叼走了。她顿觉天昏地暗,万念俱灰,便一头撞向身边的尖石头上,气绝身亡,即刻化作一只山鸟飞向空中,边飞边号"崽啊、崽啊"……

从此以后,在农历三月下旬至四月下旬的月余时间里,早晨晚间这段时间,梅山㵲水流域都能听见油麻鸟那悲哀啼鸣,闻声催人泪下、令人心碎……

雕刻菩萨

熊艳彬

从前,有一个七十多岁的老母,身边仅有一个儿子。这儿子却是个不孝之子,常常对母亲百般刁难,想骂就骂,想打就打。母亲对儿子又爱又怕,每天为儿子洗衣浆衫,烧茶弄饭,生怕不顺儿子的心,引起他的恼怒。

一天,儿子在山上做功夫,坐在土里休息的时候,看见不远的树枝上有一窝小鸟,一只只毛茸茸的拥挤在鸟窝里,叽叽喳喳地叫着张开嫩黄的小嘴巴,争着吞吃母鸟辛辛苦苦叼来的食物。儿子看了也受到启发,心想自己小时候也一定像小鸟一样,是由母亲一点一点地喂养长大的。于是,他决心改变对母亲的态度,再不打骂自己的母亲了。

将近中午,母亲怕饭送迟了,又怕自己的儿子打骂,便早早地送饭上山。儿子见了,觉得母亲太可怜了,自己以前做得太差了,便迅速丢下手中的锄头,飞跑着下山去接。可是,山下的母亲望见了,以为儿子是在怪她把饭送早了,下来打她。她心一慌,不由得转身就往山下跑。不料一脚撞着一个树蔸,掉倒在岩坎下,待儿子赶来,她已经死了。

儿子看到母亲死了,想起自己平时对母亲的态度,心里悔恨不过。他跪在母亲身边哭了大半天,还是不能自已,又发泄般地挖了绊倒母亲的大树蔸,扛回家里,当作母亲一样对待。

一次,他晒了很多谷在地坪里,出门时担心邻家的鸡来啄食,便搬出当作母亲对待的树蔸,放在地坪边,小声说:"娘,只有请你再帮我看好这些谷。"

中午过后,天上突然乌云密布,电闪雷鸣,眼看就要下大雨了,儿子挂念着地坪里的"母亲"和晒的谷,急急忙忙地跑回家里。雨已经下起来了。天上的雷神也是特来试一试他的,看他是先收谷还是先搬树蔸。如果是先搬树蔸,说明他也还不完全负义不孝,就不劈死他。儿子这时想到的是母亲,并不收谷,而先把树蔸搬进屋去。雷神在空中看了,觉得儿子变好了,只在地坪边的一棵树上刻了一句话:"雷公不打孝顺子,一代还他一个儿。"

从这以后,儿子又特意请雕刻匠用树蔸刻了母亲的像,早晚都很虔诚地服侍。众人见了,觉得这是一个纪念先人的好办法,纷纷效法起来。

由此,菩萨就多起来,起先还只把父母亲雕刻成菩萨,以后就凡是人们敬慕崇拜的人或传说中的神,也都雕刻成了菩萨。

绝壁悬棺

夏向安

绝壁悬棺是古梅山地区少见的丧葬习惯,伴随着神话而传播。宋太平兴国二年八月癸亥日,翟守素率领五千人马进金壶山寨(今高明九关十八锁地段),围剿梅王人马。梅王坐骑摔死,身受重伤,倚靠树干,眼望苍天。忽见云端出现一女郎,左手执拂麈,右手握葫芦,高声叫道:"武曲星君听着,吾乃云霄女也,奉父王御旨,叫星君勿留尘世,宜火速归位。"言毕,扬起佛麈,梅王三魂七魄化作一缕青烟,悠悠上升,钻入葫芦而去。

云霄公主回天宫向玉皇复旨,玉皇揭开葫芦盖,梅王从内跳出来,长吁一声,轻悠悠如梦初醒。拜谢皇恩,然后复位。玉皇当下对云霄公主道:"武曲星凡体不可抛露,吾儿领六丁神、金石仙下界再走一遭,速去速归。"云霄公主复奉旨下界,吩咐两位大仙先走一步。自身驾云来到南海,向观音大士说明来意,央求竹篮一只。掉转云头,降落于金壶山下,见梅王遗体仍然紧靠松树。公主口中念念有词,从洞天观、青峰寨呼唤神鹰二十四只,落至此松树,将紫竹篮放下,又从山谷间攀来两条长藤系在竹篮前后两端。并折一小松枝,蘸满清泉洒向遗体,使之缩小,化为棉絮般轻软,移置竹篮内。再令这群神鹰挨次用爪抓住长藤,展开翅膀径向绝壁飞去。此时,六丁神早用霹雳轰开悬岩,金石仙凿成一副石棺,搁于四个岩桩上。神鹰将遗体入棺盖上一方大石板,梅王就这样入"石"为安了。

众仙默哀一阵,分头散去。从此,山里人呼此绝壁为"飞仙崖",又名"飞霜崖"。

倒日不办喜事的传说

邓紫涵

大家看日历时,就会发现阴历中有吉日和倒日之分。倒日,意为"倒霉的日子""不吉利的日子",一年中多少都会有一些日子是倒日。

在马路镇,特别是年长的长辈办喜事时,都会挑好日子,选吉日,没有哪家会选倒日,这是为什么呢?这其中有着一个有趣的传说。

天上有一位倒日神仙,名为倒日星,他每年都有一定的时间来人间巡查,这段时间,也就是倒日。

有一天,恰逢是倒日星的生日,他格外开心,来到人间巡查。

正瞧着,忽然看见有一户人家在摆酒席,许多人围在一起痛饮。倒日星想到:今天是我的生日,不妨也去凑个热闹。他摇身一变,变成了一个人,正要去凑个热闹,谁想,一个人喝醉了酒,把一张桌子推翻在地,又正好砸到了倒日星的脚上,各种菜、酒都洒在了他的衣服上、脸上。大家看着倒日星这个样子,又借着酒劲,毫无遮掩地笑了起来,连给他递毛巾的人都是笑着递的。倒日星受不了这个气,一下又变回了神仙,站在云上,一边擦衣服一边想,越想越气,脸都被气红了,把路过的太白金星也逗乐了,笑了起来。

倒日星看见太白金星这样,越发生气,下定决心要把那户办喜事的人家搅个天翻地覆,以此来平复内心的郁闷。于是,他下凡找到了那户人家,他们又在办酒席,开心地笑着。倒日星看着就来气,正准备扬手捣乱,却被太白金星拦住了:"这家人有个孕妇,怀的可是文曲星,你惹不起。"倒日星只好罢手,但他因没有报复成,所以暗暗发誓:以后凡是被我看见摆酒席的,一律毁坏。

可他没想到,跟在他后面的太白金星听到了他说的话,便脸一黑,掉头回人间告诉了大家。人们议论纷纷,最后决定相信太白金星,再也不在倒日这几天摆酒席了。

做棺材的忌讳

蒋英姿

文溪人称棺材为寿方、方子,称做棺材为国寿方、国方子。寿方是每个人辛劳一生后的最后归宿,因此,文溪人对国寿方很郑重,也很讲究。寿方料要选用深山老林中的杉木,有12筒的,也有14筒、16筒、18筒的。一般是18筒树国一副寿方。盖5筒,底5筒,两边各4筒,称为18国。如果能用16筒树国好一副寿方,那是等级很高的。盖5筒,底5筒,两边各3筒,称为16国。16国需要树木比18国大。还有更讲究的,用楠木做一个棺放于寿方里面,称为楠木棺椁。因为楠木密封性好,气味可以杀菌。据说用楠木做饭勺子不馊饭,做碗柜不馊菜。楠木棺椁可以保持尸体长时间不腐烂。国寿方不能用钉子之类的金属做链接件,木与木之间靠铆榫吻合。国寿方的木匠一般都是经验丰富的老木匠。寿方的制作时间大多是上半年。寿方的油漆必须是上好的土漆。寿方的造价越昂贵,越能体现主人的身份和地位。

国一副寿方的工时一般为十天,也有八天和十二天的。如果主人希望延寿,时间就拖得长一点。

国寿方有两个时间段很重要,一是起首,二是完工。起首和完工时忌讳有人哭,有人扛着锄头挑着箢箕过身,如果吃饭时刚好有人来了,要喊人家一起吃饭,被邀请者不能拒绝。如果说不吃了,吃饱了,就意味着主人的寿数不长了。

木匠在国寿方时第一道工序是劈木头。劈木头就是把圆木大致劈制成寿方材料的形状,也叫骈方料。骈方料一般要两天。骈好后放到阴凉处干燥。干上一年后,再制作成寿方。骈方料最先骈盖板。木匠的开头三斧很重要,可以从木屑飞出的距离远近断定棺材的主人寿数,也可以从木屑的下落预测到主人的死因。一斧子砍下去木片飞得远,主人的寿数就越长。木片飞到水里,寿方的主人一定被淹死。木片若飞到屋檐上的蛛网上,寿方主人一定上吊死。

寿方完工时,主人一般会请村里会说话的人帮着陪木匠,以求添寿。寿方完工也叫圆卷。圆卷这一天,如果突然发生了一些意外的事件,或有人说了不吉利的话,一般会应验。有一位木匠帮主人做完了方子,正要吃圆卷饭时,主人的儿子从外面回来了,他刚踏进屋里,屋顶上突然掉了一个蜘蛛到寿方里。木匠马上就知道这个寿方最后用的肯定不是这家的老母亲了。告辞的时候,他提醒主人:"你们家平时做事要多注意一下,尤其是在那种高处干活的时候,一定要小心了。"主人道谢,说会注意的。没多久,就传来了小伙子的死讯。他们家要建屋子,需要石头,就去山上爆石头,结果一脚踩空,从山上掉了下来,头砸在了石头上,没能救回来,那个寿方就给了年轻人。

还有一次,一家人的寿方完工时,邻居家一个女子来了,一进门就说:"恭喜啊,古快啊!"主人当时脸色就变了,认为自己没有多长的时间可活了。问木匠这寿方是不是就会用上,木匠不置可否。匠人不会说得太明白,因为窥伺天机的事情会折他们的福和寿。没多久,那个邻家女子突然走了。在外面打工,突然发病就去世了。因为还年轻,没有做棺材,她老公跑来把寿方给买走了。

老人们说,一个家里做添人减人的大事,总会产生煞,也就是我们平时说的口风子,其实就是指冲了这个煞,所以老人们总不忘记叮嘱年轻人,遇到丧事也好,喜事也好,可千万别乱说话。

因为国寿方是一项很重要的事,主人都很重视。在骈寿方起手、寿方动工、寿方挂底、寿方圆卷四个阶段要封红包。红包的数额等于木匠一天至一天半的工钱。如果主人的儿女礼性好,在起手和圆卷时还要另外封红包给木匠。

制作好的寿方在保存时,必须要盖上棺材盖,不可分离摆放,不然则会影响主人寿数。棺材在没有使用之前,如需运输搬动,棺材大头必须朝前,方可搬运,禁忌棺材小头朝前搬运。

瑶哥与汉妹

邹萼初

仙溪镇刘仑村有座笔架山,山下有三个托,叫大瑶托、二瑶托、三瑶托。每个托里都有个大石洞,叫大瑶洞。相传是瑶人聚居的地方。

瑶人白天上山种地、打猎,晚上就围着篝火烧包谷、煨红薯、烤野味,跳着"瑶古子"舞。他们勤劳勇敢,能歌善舞,但瑶人族规戒律严明,不与汉人接触,不与汉人通婚。

瑶人洞紧连着汉人居住的地方,免不了要进山打樵、采茶、挖药,用盐巴、粗布换瑶人的山货。怎么又能隔断得了瑶人与汉人的接触?有个瑶哥叫麦坦堤,在山上遇到了一位进山采茶、打猪草的汉妹。

汉妹叫刘菊花,生得像一朵出水的芙蓉,美丽动人。并且心灵手巧,采茶、养猪、针线活样样都会。她父母早亡,由一个叫"杰痞子"的伯父刘杰抚养长大。菊花进山多了,经常遇到麦坦堤,菊花有什么够不着,拿不动的活时,麦坦堤都出手相助,两人在交往中萌发了好感。

按戒律瑶汉不许通婚,麦坦堤怎么也抑制不住对刘菊花的爱意。为把自己心里的话告诉刘菊花,站在山头上对着山下唱了起来:

六月黄雨催壮谷,

妹是浮云当空舞。

瑶哥今年二十五,

衣服烂了无人补。

风将歌声送到了山下,山下木楼里传出了画眉般的歌声:

三月阳春莫错秧,

要学稻秆赶时光。

补衣人就在哥身边,

喜鹊传媒结成双。

歌声惹来了麻烦,菊花的伯父"杰痞子"听了心中大怒,他想借着嫁菊花收一大笔财礼,岂能嫁给一个穷"瑶古子"?于是,立即作主将菊花许给一个财主的儿子。菊花死活不从。"杰痞子"便将她锁在阁楼上,不让她出来。瑶族头人听到歌声,这就犯了瑶人的王法,把麦坦堤绑在一棵树上,要在第二天将他沉潭。

半夜,麦坦堤想起了汉妹刘菊花,对着山下放声唱道:

腊月萝卜大雪封,

雪压霜打不空心。

瑶哥黄连树下死,

苦苦等你到来生。

菊花囚禁在阁楼上也正思念着麦坦堤,听到歌声立即回唱:

画匠能画天花板,

瑶汉通婚也不难。

哥变山中梧桐树，

妹变凤凰共一山。

唱罢，趁夜深人静，刘菊花用一根绳索系住栏杆，翻窗而出。飞奔到瑶山，救出麦坦堤逃脱险境。天亮后他俩便跪在草地上拜堂成亲。后来这里得名"当天坪"，据说现在刘仑一带都是瑶哥汉妹的后裔。

从相思桥到相思牌

熊剑文

安化县清塘铺镇洞天村东边的大力排上,有一个史近百年的朱氏砂锅老作坊。听说其砂罐技艺来源于老湘乡的双峰,因这朱姓人家是从双峰县迁来的。关于砂罐的起源,老朱家至今还流传着十分动人的故事。

相传在很久以前,老湘乡的双峰有一个拥有不少土地的财主邓老爷,他与老婆生了个美若天仙的女儿叫邓莎,家里还请了个青年长工叫朱罐。这邓莎年方十八,父母亲想把她嫁给另一个财主的傻公子,可美女偏偏爱上那长工罐哥。这朱罐单身一人,上无片瓦下无寸土,财主老爷哪里瞧得起?于是马上把长工赶走。长工走时,美女暗暗约了两人四十九天后到煤山边的桥上相会。

长工刚走,老爷便催女儿与傻公子订婚。美女死活不肯,便跑到村外煤山边的桥上去呆呆地站着,有时一站就是几天几夜,不吃也不喝,嘴里还时不时地喊着罐哥。母亲很是心疼,便偷偷派人给女儿送食物。

为了活命,食物还是要吃的。但送的食物时多时少,食物多时怎么保存呢?邓美女想了一个办法,即到旁边煤山里检白泥,做成罐子,晒干后便能盛食物。只是吃的时候还需加热,美女便要送食物的送火链子来。只见她先搭起石头小灶,把泥罐子放在灶上,再捡些柴禾,用火链子点燃,这样食物就被加热了。她发现这泥罐子被火一烧,越烧越硬,罐

子里加热的食物更好吃,而且硬罐子盛食物几天都不易馊。于是,美女干脆用白泥多做几个泥罐子,放进用土石架成的大灶里,用松柏和枞树枝叶去烧,谁知烧出来的硬罐子黑黝黝的,能经久耐用。这便是砂罐的起源。有了砂罐,美女干脆不回家,就住到桥墩下的河边上。没食物时,也挖些野菜,用砂罐煮着充饥。

可是好景不长,眼看七七四十九天就要过去了,美女在桥上盼望的长工还没有来相会。到第四十九天的早晨,突然下起了暴雨,美女照例站在桥上喊"朱罐"的名字。可那傻公子却带来一帮狗腿子,分别从桥的两头来抓邓莎,说今天是他们结婚的日子。可今天也是美女与长工约会的日子,美女哪里肯依傻公子?只见她拼命甩开傻公子,独自从桥上跳下去,落进了滚滚的洪水里。

等到午时三刻,那青年长工朱罐从外地赶来桥上,已经什么人影也没有。他到处寻觅,只见桥墩下的河边有好几只烧成的黑砂罐,罐里还有等他一起来吃的香喷喷的饭和菜。长工抱着热乎乎的砂罐,对着洪水呼喊着莎妹的名字,随即号啕大哭起来。

朱罐本也想跳进河里一了百了,但终于冷静下来。他想,也许莎妹并没有死,只是等得不耐烦,到外地寻他去了。他便捧着爱人烧制的砂罐,下定决心,要在桥下居住,等待爱人回来。

不久,邓莎终于回到了桥上。因为那天跳进河里,老天爷保佑,刚好抓到一根大竹竿,是那根大竹竿救了她的命。

两个相爱的人团圆后,便结成夫妻,一同定居在桥下。为了维持生计,夫妻俩便在桥畔开起了首家砂罐作坊。妻子到煤山检回白泥做成泥罐,丈夫在桥畔挖出大窑,又砍来松枝枞叶,日夜不停地烧窑。他们的砂罐很畅销,没几年就发了大财。他们扩大了作坊,并在小桥边还修了一座大桥。

后来,人们把这两座桥合起来叫做相思桥。现在,相思桥一带的砂罐作坊,就是那传说中的夫妻发明和制造砂罐技艺的见证。

安化县清塘铺镇,有个新开办的洞天朱氏砂锅厂,厂里主要生产相思牌各式各样的砂锅。关于相思牌砂锅,还有一段很不平凡的来历呢。

不知传了多少代,传到了相思桥附近处一个叫做朱增凤的砂罐师傅时,已是清朝同治年间了。他于光绪十三年得了一子名光湘,字松轩。朱松轩娶了一个邓姓人家的女子为妻。夫妻俩成家后,在家里开办了一个砂罐小作坊。丈夫的手艺很出色,妻子有空就学做砂罐,并帮着推销产品。夫妻俩过着恩恩爱爱的好日子。不久还生了一个儿子,取名为德荣,字贵球。

谁知自从添了个儿子,朱家的麻烦事便来了。一是妻子要哺养儿子,没时间帮丈夫的忙,砂罐生意不断下降。二是附近人家也办起了砂罐作坊,还把丈夫也请去当师傅。丈夫一去就是几个月近半年不回家。妻子在家带儿子,对丈夫不回家当然不满意,且怀疑丈夫有外遇。她到别人作坊附近一打听,原来那家作坊死了男人,那寡妇老板娘留朱师傅在她家料理砂罐,不让他回家。妻子听后感到莫大的污辱,一气之下,用皮箩担着儿子和铺盖,便离家逃荒去了。

妻子担着儿子朱贵球在外逃了好几个月的荒,离开双峰,经过娄底、涟源和新化等地,辗转来到安化清塘洞天村,发现这一带大量开采石煤,煤炭中富含白泥,特别是有个叫罗家山的地方,白泥遍地都有。于是邓师母便选在村东边那个离罗家山不远的大力排上,搭了一个茅棚住下来。村里的人们都同情母子俩的不幸,并不见外。妻子的为人处世,十分贤惠,人们都热情地称她为邓妈。

为了生活,邓妈也在家办起了砂罐作坊,并把技艺传给了儿子。朱贵球子承母业,很快成为当地有名的砂罐师傅。

朱师傅从小就知道自己是从双峰县来的,他很想去双峰县看望自己的父亲。可是母亲不允许,问什么原因,也不说。直到邓妈去世之前,才把原因告诉了儿子,并允许儿子在她死后去看看父亲。

邓妈去世后,朱师傅特意去了一趟双峰县,才得知父亲早已作古。他从邻居那里得知,父亲当年并没想抛弃他们母子俩,而是见那寡妇人家很可怜,想帮人家一把。起初父亲与寡妇也没什么关系,到他们母子离开双峰县,还到处寻找,可是找了许久也找不着。后来那寡妇趁机缠住父亲,两人才成为相好。朱师傅听后,原谅了自己的父亲,还亲自到父亲坟前下跪烧了香,并走访了双峰县的几家砂罐作坊,学了点老技艺才回安化。

朱师傅在洞天做砂罐的技艺越来越精进,生意也越来越火红。他做的砂锅煮饭特别香喷,尤其适合炆月子菜。他做的砂罐盛酒十分醇厚,煎茶尤其是煎安化黑茶,十分可口,且几天不馊,难怪他的砂罐畅销湘中。

朱贵球师傅人还没老时,就把砂罐技艺传给了大儿子,希望一代代流传下去。

洢水排汉与大将军

陈明和

洢水河是一条浮着神话与故事的河流。那时的洢水河,应该是满满的一河水,河床也宽,河道也深,河水也清。走得船,放得排,撑得篙,划得浆。就有这么一则故事,一群放排汉,从山的深处,逶迤而来,就有一个人出题打赌了。说是谁能够精光吊胯从梅城街上走过,就输他一块腊肉,请他吃阳春面,喝老酒,随他点菜,让他醉个一塌糊涂。其中有一人说:"当真?"打赌的说:"崽骗你。"于是我们就见到了一幅奇妙的图景。一个脱得精光吊胯的汉子,手里拿着竹篙跑来,边跑边喊:"着火啦,那边着火啦!"把一街人都惊乍得伸长了脖颈,面面相觑,相互打探:"谁家着火啦?谁家着火啦?"谁也不去注意那个光屁股汉子。待闹得明白,那帮汉子,已坐在衙门口的酒楼里,划着"拳估数",喝着老酒,一个个笑哈哈,将屋瓦震得颤了起来。

这些放排汉子真有将军气概。有一个大晴天晚上,他们聚在一起歇凉,异想天开地谈论着本地能出几个帝王将相有多好。碰巧这天,南塔封顶,金龙绕塔而飞,真有鸿运当头的预兆。

一代又一代,这里不见帝王将相的踪影。人们的期望值降低了,出个大将军也行。迟至今夕,梅城一带出了大将军吗?当年的洢水排汉肯定在阴间地府气宇轩昂地点赞。

一草一木

罗　岚

这茶园,她守了一生。

(一)

云台山下莫家有个果园,莫家有一世代相传的制茶秘方。用这个方子制出来的茶,明清时期成为了贡品。

轮到莫枝这一代,莫家就无子,唯有她这一长女与一小妹。

她中意上了她那位薛哥哥,从城里回来,有人说是他父亲生意做失败了,走投无路才回来。她从小便喜欢他。他也常取笑这姑娘,嘲笑她"没志气"。

他要去城里上学,莫枝是万分舍不得的,早已在心底许好嫁给他的承诺。他也有所打算,却说要去城里读书。莫枝又哭又闹,只差没给他跪下。他依旧坚定,二月份,他说他要走,想让她送送他,莫枝是含着泪告别的,他抚抚她的后脑勺又将纸条放进他的手心。

民国六年,他离开云台。民国十一年,他回来。

莫枝知道,他是要来还承诺的。

（二）

民国十二年十二月。莫枝与她的薛哥哥成了婚。

次年七月,莫枝生下一个男孩。二人正式接受茶园,她那薛哥哥试探过她的口风,莫枝只是摇摇头说那秘方不清楚,她倒也没惦记这事。

莫枝身为莫家长女,两人的儿子便随了母姓,单名个"恒"字。然而她那薛哥哥却整天挂记着要报国。他下定了决心要出去,从军打仗。莫枝抱着孩子,边叹气边抹眼泪。她知道他要走,是拦不住的。她知道哪怕是拿着剪刀对着喉咙,也是没有用的。

他斥骂她,骂她自私,骂她儿女情长。她整晚整晚无法入睡,哪怕两人睡在同一张床上。他也是背对着她,夜夜说着梦话。

民国十五年,他走出云台,可是他再也没有回来。

临走前,他告诉莫枝要保护好秘方,看守好茶园的一草一木。

（三）

他这一走,莫家的茶庄便完全由莫枝掌管,莫枝全身心投入制茶中。甚至她觉得她整个人都一股茶香味儿,偶尔她靠着木窗望向窗外。

秘方,原来是有的,她不清楚她那薛哥哥是如何得知的,于是随即她就意识到,秘方定有危险。果不其然,就有一批人进入了她家的厅堂。她淡然应对,全装不知,她拿出一品茶具,为这些客人所招待。这些人眼神中都带着光,目标是那秘方。

半年前,她在宅中修了口井,井边的亭子石板路地下边有个箱子大小的洞。铁制盒子层层包裹着那秘方,就在那里头。

她刻意缩小了茶园的规模,地地道道的做本行。

她得遵守好原先的约定,守好这片土。

（四）

  他走的那年,恰巧有支部队驻留过,她出了神。

  那些士兵们,大多都正值壮年,得是多少家庭失去了梁柱才换得这么支队伍啊？然而他们呢,吃的竟是些没营养的东西,他们那黄绿色的军被,薄且不说,有的生了斑,有的发了霉,可他们是不在乎的。

  莫枝望着那群人,心生几分敬畏,她那薛哥哥是不是也同那些人一般呢,想想心中就感到有几分压抑。

  那批奔着莫家秘方的人终究还是得知了消息,他们拿着工具破门而入,进了莫家宅子。可是结果却不然,铁制箱子层层放置,结果并不让那些人惊喜,只是一些珠宝首饰。

  莫枝望着那批人抬走了那箱东西,扶着柱子哭了很久,她那孩子也吓得抱住她的身子。

  那可是她那薛哥哥给她的嫁妆啊！

（五）

  她又想起他去城里读书那天,她总在以后多个日子里想起,她站在云台山上,看山岚绕境。

  她做了一个正确的决定,将真正的秘方交给了那只军队的领头人。士兵们那么辛苦,秘方一定能换得不少钱。那位先生给她敬了个军礼,后来她听人说起,那先生当了大将军。

  偶尔想起那些往事。他唯一留下来让她纪念的也只有那纸条子了。那么久了,难保折痕。

  那上面写着:一草一木,一梦一云台。

梁家兄弟

龙腾安

古代梅山分三梅,下梅人日常生产之一是"打鱼摸虾",但古梅山置县以后,下梅部人开始农耕生活。今天讲的"梁家兄弟"就是以耕读传家的下梅人的故事。

话说下梅有一姓梁的人家,经几代人辛苦耕耘,开辟了多顷良田,积攒下一份家业。梁老膝下一子承欢,取名梁英,已到入学年纪,梁父亲自执教,一家人其乐融融地过着日子。

一日,梁父从外面回来,在路上见一老僧卧地不起,忙背至家中,急传郎中医治,自己又细心护理。和尚不日痊愈,临别时交代梁父,要打造一条木船备不时之需。只要桥头石狮子流出红眼泪,这里将要发大水。说罢吟诗四句:山间洪水滚滔滔,早造木船好逸逃。援手外人终无义,野禽野兽比舜尧。吟罢深施一礼,飘然而去。

梁父回到家中就请木匠打造木船,并在村中劝说乡邻早备船只。众乡邻回道:我们这里从未涨过洪水,打造船只的事以后再说吧。紧邻的一位老太太说:"梁先生,我没钱造船,万一发洪水,你载我逃生。但我不能白坐你的船,就为你做一点事吧。"梁父说:"那就请您每天到桥头看看石狮子有没有流红眼泪,如果流了就告诉我一声。"

老太太每天清早起来,第一件事就是去桥头看石狮子。天长日久,村中刘屠户感到奇怪,这老太婆每天清早到桥头来干什么呢?就问老太太,老太太如实相告。刘屠户

"哦"了一声,心想:我要糊弄你一下,看上天发不发大水。晚上,刘屠户把猪血偷偷地涂到石狮子的眼睛里。老太太第二天一大早来,看到石狮子流出了红眼泪,赶紧回去报告梁父。梁父叫家中人准备东西上船,自己到村中挨家挨户报警。村中人都不信,刘屠户更不信。

这天晚上,天黑得伸手不见五指。忽然下起雨来。梁父和家里人赶紧接来整理好了包裹的老太太,一起上了船。雨越下越大,水越来越深。天大亮时只见汪洋一片,到处是浑浊的黄水。忽然上游飘来一团黑色的东西。梁父打捞上来一看,竟是一个人,细一看,还是刘屠户的儿子刘超。赶紧施救,就把刘超救活了。刘超无依无靠,认梁父作爹,改姓梁,与梁英结为兄弟,叫梁超,年长梁英二岁,与梁家人以父子兄弟相称。第二天,梁父又救下一只飘来的黑猴,第三天又救下一窝困在枝头的喜鹊。船上也就热闹了。

过了十多天,洪水慢慢消退。梁父率全家人回到村中。村中除相对较坚固的梁家房子外,其余的都已坍塌。梁父和家人清理淤泥、修理田地、重建家园。白天率梁超梁英上地干活,晚上回家为兄弟授课,两兄弟的学业也蒸蒸日上。梁母勤勤勉勉操持家务,老太太的家人不知下落,就在梁家颐养天年。猴子和喜鹊均过得开心惬意。

倏忽几年的岁月过去,老太太忽染重疾,多方求医无果。弥留之际,对梁父说:"我家本是玉匠,得一原石,避祸至此。现无后人,你家照顾我多年,就以此玉为谢吧!"丧事料理完毕,打开包裹一看,好大一坨玉原石,绿莹莹温润无比,自知价值连城。这日梁超从集市回来,带来一个消息,说是官府贴出诏书,传国玉玺在秦末摔破,后经修补虽一直使用至今,然终使人诟病,有损我天朝威仪,现特向全国征集玉石原料,重新雕刻。凡献可用原石,将封官加爵。老太太遗下的玉原石是否献出,梁家展开了讨论。梁父认为玉原石本不是梁家之物,献给国家做玉玺可谓物尽其用,又是忠君爱国的表现。可派谁去呢?梁超说:"我是哥,我去。皇上给我的好处我都传给弟弟。只是去历练一下。弟弟学问也比我好,将来进学中举,历练的机会多着呢。"梁父也就同意了。梁超带着玉石,梁父给足盘缠,择日上路,进京献宝。

这日来到皇城,献上玉石,皇上大喜,招梁超垂询。梁超对答如流,试试文才,颇有学问,问问婚配,孑然一身,皇上更喜。封梁超为双料状元,赐以府邸,与新科文武状元一起打马游街,并有意招为驸马。

梁超也曾犹豫,觉得对不住梁英父子,可到手的富贵给了别人就是别人的了,犹豫着半推半就地照单全收了,在京城做着驸马的富贵梦。因不好怎样向梁英父子回信,索性就不回信。

这边梁家父子一直苦等结果却一直杳无音讯,决定再派梁英上京看个究竟。梁英带着书和盘缠就上路了。那只黑猴紧跟不舍,后来就让它跟着走了。梁英风餐露宿一路打听,不日也到京城。得知哥哥被御笔点为双料状元,赐以府邸,不日将招为驸马,一面替哥哥高兴,一面寻到哥哥的府邸,将拜帖递给门禁。不一会儿,梁超出来。只见梁超披锦着缎,满脸堆笑,快步走出,拉着弟弟的手,边走进高门深院,边问长问短。参观完花园后对梁英说:"这个宅院除了地面建筑,还有地下室和冰窖呢,我再带你看看。"又拉着梁英来到地下室,将梁英一挤,掉进地牢。梁超在上面哈哈大笑,盖上盖板,压上栓木,一路狞笑而去。心想派人到老家去斩草除根,将梁父一家人干掉,又想梁父年事已高,距京城路途遥远。过不了几年梁父就死了,也就没有任何威胁了,就没有派人追杀了。

可怜的梁英还没有为哥哥高兴完,就被关进地牢里,半天没有回过神来。地牢里又黑又潮又臭,梁英昏昏沉沉不知关了几日,垂死之际忽听墙上掉下一小撮土,不久出现一个小洞,有亮光透进来。见那只脱逃的黑猴用竹筒送来一点点水和一点点食物,一只喜鹊对着小洞叫着。梁英喜出望外。从此,小猴子不定时地送来一些水和食物,勉强维持了梁英的生命。小喜鹊也常常来看他。忽一日,梁英心血来潮,就咬破手指写了一布条缚于喜鹊脚上,喜鹊拍拍翅膀飞走了。

家里的梁父左右等不到两兄弟的音讯,便打点行囊,北上寻人。经几个月的跋涉,竟也来到京城。找到客栈,准备歇息,待第二天再细加打听两兄弟的下落。忽见一只喜鹊飞到窗外不停地鸣叫,细看竟是自家的。梁父打开窗棂,喜鹊栖落肩头,脚上绑着布条,解开一看,上面用血写着"梁超已点双料状元,梁英被梁超囚于地牢"。梁父找一布条写上"父已来京,吾儿自重",束于雀脚,将喜鹊放飞。梁父思量道:自己在京城无依无靠,而梁超势大。玉石的原主人已故,梁超完全可以说是他家传的。看来只能找包大人了,主意既定。

第二天,梁父来到包拯府外击鼓鸣冤,包大人升堂,问明原委,说要先察访调查后改日升堂,安抚梁父先回客栈休息,听候传唤。

时逢金秋,包大人宴请部分王公大臣、朝中重臣陪新科状元至后花园饮酒赏菊。梁超当然在被请之列。酒至半酣,包拯挥挥手道:"上御酒!"只见家人抱出一坛皇上赐的琼酿,拔开盖子,满室生香。家人给众贵人斟上酒,到梁超时却筛了一碗水。梁状元望望左右,端碗喝了一口,大怒,"呸"一口吐到地上,将碗一摔,吼道:"包大人,你什么意思?众人皆为佳酿,独我改成白水?"包青天目光如炬,不怒而威,道:"梁状元,你今天喝一杯水脾气就大了,当年你喝一天的水,喝一肚子的水脾气怎么变小了?"梁超一个激灵,难道包拯将我的底细全查清了?竟一时语塞,气焰顿挫。包青天何等人,见状便知梁父所言属实,便又是一击闷雷:"梁超,你将梁英关在何处?"梁超还想绝地反击,原先斟酒的老汉一把扯下头巾，大吼一声："梁超，你这禽兽，看看我是谁？"梁超看到梁父时，顿时瘫软。

包大人和梁父在喜鹊的指引下找到了梁英。第二天，包拯将奏折上奏皇帝。皇帝为梁超感到惋惜，同时宣召梁英。此时的梁英已恢复往日俊俏飘逸的神采。在与皇上对答的过程中，呈现了梅山人民独特的质朴、干练、善良、坚毅的秉性。皇上口试其文治武功，均在朝臣之上，当即将自己最心爱的公主许配于他，将梁超所有赏赐转赐予他，择日完婚。梁超被关进天牢，终身监禁。

这就是下梅山地区流传甚广的"梁家兄弟献宝"的故事。

烈马山的风水

龙腾安

相传,古时候的梅城有一姓何的私塾先生,很有学问,受今清塘铺团山桥周王二姓之聘在那里教书。何先生为人宽厚,教学认真,很得两姓族人敬重。其子与团山桥子弟同窗。后何先生暴病身亡,因距家较远,经周王两姓同意,就近葬于团山桥的公共山丘——烈马山。

何先生的儿子后来经商,发了点财,老了,想陪父亲同葬,周王二姓子弟感念同窗之谊,再次允许。看好了上山的日子以后,又来了一个地仙,对何先生的孙辈们说:"原来那日子和时辰好是好,但第二天的日子对下葬的那块宝地更好,你们不如晚一天出殡,以利何家发人发家。"孝家问道:"好在哪里呢?有没有吉兆可见呢?"这名地仙道:"第二天出门,至少要印证三件事:一是人戴铁帽子;二是鱼上树枝头;三是马骑人。"第二天出殡,刚出门就遇见一佣工从外借一口铁锅用头顶着回来。走不远再见一个人扛着一副柴马(山民用来驮东西的木质支架)迎面而来。再走一段遇到一个人提条鱼,见有热闹可瞧,顺手把鱼挂在路旁枝头上就来看闹热。这也算应验了地仙的预言。

果然过了不久,何先生的两个孙子,一个做生意发了大财,另一个进学被点了翰林,何家一下兴旺起来。清明扫墓时那是香车宝马,浩浩荡荡,威风八面。周王两家子嗣不禁犯了嘀咕,难道烈马山的风水是真正的宝地,葬了就致子孙如此发达?有王姓好事者爬上烈马山，仔细查看地形后，不禁大吃一惊，好一个风水宝地！只见整个团山桥的山脉都从烈马山生脉而走，细看，从烈马山侧脉蜿蜒生一龙脉，先走西北再从东南回来，在南头耸立一峰，恰似一条马缰绳拴在马桩上，团山桥所有稻田像一副抹开的骨牌成半月形摊于烈马山前，一条溪流名叫"小黄河"，而处在小黄河的"几"字中央的烈马仰头可衔日月，低头可饮"黄河"水，可嚼万顷田。这在风水学上是真正的风水圣地，是可遇不可求的上乘佳壤。

王姓子弟心里头那个悔啊！可是这时何家风头正健，王姓子弟只得悄悄将先人骸骨用坛子装好，偷偷埋到山上去……可这事不知怎么竟被何家知道了，何姓人带着官兵、家丁、打手、佣工将王姓先人遗骸刨出，抛弃于野，并不许王姓人收捡，还将那个移骨的王家子弟打断一条腿，在团山桥桥头捆绑示众三日，并不许喂水喂饭。

王姓子弟打落门牙往肚里吞，他们中间虽没有做大官的，但也有发财的。他们心想：自古贫不与富斗，富不与官斗。我当初一片好心，允许你先人下葬烈马山，你如此不仁，就别怪我不义。王姓人不敢在烈马山上有什么动作，就在山下想主意。他们举全族之力，将小黄河改道，将马缰绳挖断两截，将拴马桩刨平。

果然，何家是因风水被破坏还是月满则亏、骄极则衰的道理抑或其他原因就不清楚，反正迅速败落。王姓子弟也因这些大型工程筐空囊尽而一蹶不振。王何两族斗个两败俱伤，而周姓人家于中悄然崛起。

至今，烈马山依然悄悄矗立，静静地观望着王何二姓子孙的往世今生。

茶事春秋

红茶不卖·挖茶蔸

黄本安

红茶不卖

他生性狡诈,好逸恶劳,花天酒地,祖上留下的一份家业被他消耗殆尽,只留下茶园一块,寻思出卖。一老实农民,目不识丁,但勤劳俭朴,颇有积蓄,想购买一些田产,造福子孙。

一天,两人相遇,农民问破落户:"听说老兄那块茶园要出卖,是吗?"破落户回答说:"是。不过——""不过什么?"农民急问。破落户眨了眨眼,笑着说:"我那块地有一株红茶,很大,有几人高,春天发的茶是带红色的,就这一蔸红茶不卖,留个纪念。"农民想了想,说:"要得,其余的土和茶蔸就卖给我吧!"于是,二人讨价还价,最后成交,并到破落户家中写下来契约。农民走出门时,破落户相送,说:"老弟,红茶不卖啊!"农民说:"我知道了。"他高高兴兴地走回家去。

第二年,阳春三月,草长莺飞。某日,农民到这块茶园去挖土,妻子到这块茶地去摘茶。看着那一蔸蔸茶树,绿油油,嫩生生,夫妻心里乐滋滋的。看那一蔸红茶树,有楼盘大,屋檐高,长出的新茶,暗里透红,另有一番景象。谁知破落户也来了,还带来了几个人,一到地里就采茶,不光光是采那蔸红茶。农民傻眼了,急了,放下锄头去责问破落户:"老兄,除了那蔸红茶,不是都卖给我了吗?怎么——"破落户打断了农民的话,板着脸,瞪着眼,用手指着农民的鼻子说:"这个我还要问你呢,你怎么来摘我的茶呢?"农民更不明白,分辩说:"不是只有那蔸红茶不卖吧!""不错。"破落户笑了笑,从口袋里拿出那张契约,指着其中几个字说:"你看清楚啊,是写的'逢茶不卖'(本地方言,'逢'与'红'读音相同),什么叫'逢茶不卖'?就是凡是这块地里的茶树都没有卖给你,你还是挖你的土吧,茶归我摘。"农民瘫软在地,哑巴吃黄连,做不得声。

以后,农民痛下决心,就是当家产,卖土地,也要送儿子读书,不做睁眼瞎。

挖茶蔸

所谓挖茶蔸,就是给茶园锄草。茶乡有一句农谚:"七挖金,八挖银,九冬十月肯到屋里咽。"意思是说,到了七八月份,未种庄稼的茶园长满了杂草,乱蓬蓬,绿油油,这时候将他挖转,埋入土里,腐烂,就是最好的肥料。待到九冬十月,杂草枯黄老死,不仅费时耗力,而且也基本失去了肥效。

因此,茶乡的七八月份也是最忙的季节,不仅农作物要锄草施肥,还要挖茶蔸。劳力不够怎么办?便招来许多新化人,新化与安化毗邻。这些新化人,有如春夏的候鸟,他们不顾山高路陡,春天过来采茶,夏天过来挖茶蔸。其中有一个叫方十有,是一个年轻小伙子,他是第一次到茶乡。

方十有走进一家富户,问:"老板发财!有工做吗?""有。""做什么?""挖茶蔸。"接着他们讲工钱,工钱很微薄,包吃包住,工钱每天一升米,最低时每天只有一碗米(一升的四分之一),六七月份正是青黄不接,这些新化人出来都是为了挣碗饭吃,即使工钱很低,他们也干,方十有也不例外。

第二天,吃过早饭,方十有带着中饭——因为茶园离屋很远,要翻过几座山,转过几个弯,所以一般都是把中饭带到山里去吃——跟着老板上山了。这块茶园很大,茶树很茂密，杂草也长得很茂密，汇合成一片碧绿的海洋。老板说："十个工能挖完吗？"方十有说："我尽力吧。"老板因为还要忙其他事，就回去了。傍晚，太阳收起最后一抹余霞，天色渐渐暗下来，老板也收工了，等方十有回来吃晚饭。这时，方十有用扦担挑着一担茶株，颤悠悠地回来了。他头戴破斗笠，赤膊，围裙，短裤，草鞋。放下担子，抹着汗水，站在那里。老板很吃惊，很疑惑，忽然明白了，蹬了蹬脚，哼了几声。方十有说："老板，你莫哼，山里还有几捆呢！"老板气愤地说："我不是请你挖茶蔸吗?！"方十有不慌不忙地说："对呀，我不是给你挖茶蔸吗，我还给你挑回来了一担啊！"

后来的结果，可以想象：老板把方十有狠狠骂了一顿，要他赔偿损失吗？不可能，方十有光棍一条。老板只能扣了他当天的工钱，把他辞退了。

至于方十有为什么要这样做，有人说他是无知，把"挖茶蔸"理解错了。也有人说，在许多年前，老板的爷爷欠了方十有爷爷的工钱故意不给，这一次方十有是特意来报复的。

黑茶漂洋过海

黄本安

安化黑茶"漂洋过海"这个故事多年前在田庄乡的高马二溪村出现过。

高马二溪村以黑茶闻名遐迩。这里的黑茶其所以闻名除了它的天然品质之外,还有一个重要因素是有黑茶之父彭先泽的宣传和推介。彭先泽在《安化黑茶》一书中这样记载:安化境内出产道地茶,以高马二溪所产高山云雾茶制作者方为安化黑茶之正宗者,故有安化黑茶高马二溪品质最佳的美誉。

彭先泽是怎样知道高马二溪黑茶品质最佳的?据说是与高马二溪蔡家山(台甲山)的黄幼岩有关。黄幼岩是清末秀才,曾经做过广东省厘金局的局长,与彭先泽的父亲彭国钧是好朋友。彭国钧在褒家冲办茶叶试验场时,有一个农大毕业的张善之在场里当技术员;黄幼岩有一个女儿叫黄棣花,小学教员。张善之和黄棣花由彭国钧当介绍结成了连理。由于彭国钧父子经常在高马二溪往来,所以对高马二溪的茶叶质量感同身受,就敢于对高马二溪黑茶有如此高的评价。

东西越好越有人假冒,在茶叶买卖中也有不良人员冒充高马二溪黑茶,因此道光四年八月在高马二溪的碑记坳立了"奉上禁碑",宣示"不得有意居奇、掺和、潮湿、捆尖等弊",还指示"各大宪批示砝码,饬县较准给发,并委审究结"(砝码即如今说的茶印,作为一种买卖凭证),以此防止假冒。同时,高马二溪的茶农为了保护自己的利益,根据实际

经验想出了一种证明是真正的高马二溪黑茶的方法,即"漂洋过海"。"漂洋过海"很直观、很有效地防止了掺杂使假的弊端。

明末清初,高家溪有一位茶农挑着一担黑茶到江南茶行去卖,收茶的是一位山西客商。山西客问茶农:"你哪里人?""高马二溪人。"茶农回答说。山西客又问:"你卖的是真正的高马二溪茶?"茶农肯定地说:"是的。"山西客打开茶农的叉口,抓一把茶叶闻了闻再问:"你有什么办法证明你的茶是高马二溪茶?"茶农笑着说:"高马二溪的茶能够漂洋过海。"山西客听了感到莫名其妙:"什么,漂洋过海?""是的,漂洋过海,你给我准备一壶开水,三个碗,我做给你看!"茶农说。

于是,山西客真的给茶农拿来了三个碗,提来了一壶开水。茶农把三个碗并排放在桌子上,相互靠拢,在第一个碗里放了一把自己的茶叶,再在三个碗里添满沸水,等第一个碗里的茶叶泡散了,再挟出几片茶叶,横放在碗与碗的连接处,其实是以茶代替虹吸管,通过"虹吸管"第一碗里的茶水渗入第二碗,第二碗渗入第三碗,久而久之,三个水碗橙红亮丽,清香扑鼻。茶农对山西客说:"这就叫漂洋过海。"茶农接着说,"高马二溪的茶泡三碗水、四碗水都还是原汁原味,别的地方的茶泡到第二碗就不出茶味了。"山西客看入了神,还品尝了三个碗里的茶水,他眉开眼笑地说:"好,好,果然名不虚传!"

而今高马二溪的茶叶已远销国内外,真正的漂洋过海了。

神农氏与大叶茶

龚礼华

神农氏被称为茶祖,相传他"尝百草,日遇七十二毒,得茶而解之"。"茶"即为后来的茶,《茶经》也记载"茶之为饮,发乎神农"。神农尝食茶后,人们就开始饮茶消渴,而且用它清热排毒,而生长在云台山崖水畔的大叶茶又是怎样被神农氏发现的呢?

据说,神农氏为了天下苍生丰衣足食,就每日行走在山间野地,寻找能充饥果腹的植物。他一见到清新可人的花草就要摘下来放到嘴里尝一尝、品一品,那些又香又甜又能填饱肚子的植物,神农就会教给人们去耕种,而那些吃了对人身体有害的植物,神农氏就认为有毒,禁止人们去碰它们,而自己就采摘一些鲜嫩的茶叶来解毒。这样,神农走遍了华夏大地,尝遍了成千上万种野花野草,先后找到了稻谷、高粱、玉米、蚕豆、粟米、小麦等五谷杂粮。

这一天,神农氏来到了湘中地方的资水河边。见这里万木葱茏,鸟语花香,他于是就在树丛花草间仔细寻找起可食用的植物来。就在这时,他发现一株野果子长得饱满红艳,于是赶紧伸手摘了一个放进嘴里尝了尝。突然,他感到舌头麻木,喉咙发紧,肚子一阵剧痛,知道又中毒了。原来这是一株被毒蛇盘踞过的野草莓树,毒蛇每天流出来的毒涎都滴到了莓子上,就连猛虎、狮子吃了都会死,何况是人呢?他赶紧去寻找茶叶解毒,但是,这次茶叶也没有作用,嚼了几把,腹痛反而越来越剧烈了。不一会儿,他便觉得天旋地转,眼前一黑,就一头栽倒在了资江河里。

神农氏昏昏沉沉地顺着河水飘呀飘,不知飘了多久也没醒来。一天,他感觉有个什么东西在碰他,他便微微睁开发涩的眼睛一看,原来是一条红尾巴鲤鱼。只见它口里衔着一片大青叶,正向他嘴边喂呢!他赶紧接过,拿到鼻子边闻了闻,便觉得一股清香沁人心脾,把它嚼碎吃了之后腹痛顿时好了许多,头也不晕了。神农氏不知道这大青叶是哪来的,那鲤鱼就领着他向岸边游去。不一会儿,神农氏就看见一棵丈余高的大茶树,上面长满了浓郁茂密的大茶叶,跟刚才吃的青叶子一模一样。神农氏连忙向鲤鱼道谢,那鲤鱼却摇着红尾巴向远处游去了。

神农氏跌跌撞撞地上了岸,在大茶树上摘了几片大茶叶吃了,立刻便觉得神清气爽,头也不晕,肚子也不疼了。他非常高兴,忙一路找过去,在附近又发现了几株。他心想这下好了,又为老百姓找到了一样好东西,这可是能救命的茶叶啊!

神农氏一高兴,就决定不走了,住下来专门培植这种大茶叶。他打听到这个地方叫云台山,在山脚下住着几十户人家,平时以狩猎捕鱼为生。于是他把这些人请了上来,悉心告诉他们如何种植这种大叶茶。很快,云台山的大叶茶便多了起来。

人们喝了大叶茶之后,一个个精神饱满,体力大增,对于平常头疼脑热的病,一喝就好。不久之后,神农氏又教会人们耕种玉米、水稻等农作物,慢慢地,云台山的老百姓便过上了丰衣足食的日子。他们非常感谢神农氏,于是家家户户都立起他的牌位,尤其到了采茶季节,都要日供三香,全家叩拜,礼仪甚是隆重。

这一天,女娲就不乐意了。她想,都是华夏始祖,凭什么你神农氏就受到云台山人们这样的顶礼膜拜,而我女娲就没有这份待遇呢?这太不公平了吧。再说,我补天止漏的功劳比你还大着呢,要不这儿还是一片汪洋呢。这样想着,女娲就对神农氏埋怨起来。她对神农氏说,天下百姓都是华夏的子民,你应该去教会所有的老百姓种植大叶茶,让他们都过上好日子。神农氏一想也对,于是他就带上大叶茶的树种,来到各个地方教会了当地的人们种植了大叶茶。不到一年的时间,大叶茶就植遍了华夏九州。第二年,神农氏和女娲一起去巡视,发现在各地栽种的大叶茶都死了,唯独只有云台山的大叶茶长得浓密茂盛,他和女娲是百思不得其解,始终找不到答案。

这一天,他们又来到云台山顶,打算再采一些大叶茶去栽种,看看到底还能不能活。神农氏摸了摸湿润的土地,抬头看了看天上五色的阳光,突然喊道:

"我知道了,大叶茶为什么在外地栽不活,都是你女娲偏心眼造成的。"

女娲愣了半天也没明白过来。

神农氏指着天上说:"当初你拿着五色石补天,就把最好的一块石头补在了云台山山顶的这块天上。于是这里就光照明显,气候独特,山谷间瑞霭常绕,涧流常清,土地常润。所以,娇贵的大叶茶就只能在这特殊的天地间存活。"

女娲这才弄清了大叶茶只能独处一处的原委。她笑道:"这是天意,是上天要让云台山人得福啊!"

云台山人得知这一情况后,家家又供上了女娲的牌位,感谢她给云台山补了一块特殊的彩石。后来神农氏又顺着云台山脉的走势在安化境内的许多山岭间栽种了大叶茶。

于是,这种饱含着天地雨露,日月精华的大叶茶就生生不息地繁衍到了今天。

龙女茶

毛 林

(一)

东海龙王最小的女儿紫兮儿公主，这天早上一睁开眼，掀开帘幔，一大群还未修炼成人形的小鱼小虾就亲热地游过来咕咚咕咚地朝她吐泡泡，宫门外一帮身强体壮的虾兵蟹将们喊着口令杀声震天地使枪舞棍，花枝招展的宫女们甩着长袖在一旁翩翩起舞，桌子上摆着的夜明珠，那是父皇母后送给她的礼物，让紫兮儿的寝宫满屋熠熠生辉，可这一切都跟平时没多大变化，紫兮儿突然觉得有些心烦意乱。

紫兮儿今年刚满十八岁，就在前几日，父母给她举行了盛大的成年礼，各海龙王带着奇珍异宝前来为她祝贺，宫女们专门为她编排了 108 支舞，乐器奏响了三天三夜，鼓声震得地动山摇，整个东海呈翻江倒海之势，甚至惊动了玉皇大帝派天兵天将下凡打探情况，十八岁的紫兮儿如出水芙蓉般清纯秀丽，楚楚动人，各海龙王太子们绞尽脑汁向她献殷勤，变着法追着她讨她欢心，惹得紫兮儿提着长裙四处躲躲藏藏，羞答答地躲避太子们火辣辣的目光，她满脑子闪现的始终只是一个白衣男子的背影……

那是一年前，胆大包天的二姐带着紫兮儿偷偷摸摸溜到人间玩耍，当时正值阳春三月，杨柳低垂，鲜花盛开，溪水潺潺，蝴蝶儿追逐嬉戏，一只衔着一棵草的小鸟朝紫兮儿飞了过来，紫兮儿吞下小草就能听懂小鸟的话,紫兮儿给小鸟服下一粒仙丹,小鸟就变成了一只大鸟,大鸟驮着紫兮儿在空中飞了三十三个圈,她伏在鸟背上尽情地看到了一个与龙宫不一样的世界,她的内心充盈着满心的喜悦和向往,她悄然爱上了繁华的人间,还有后来,大鸟和她荡秋千的时候,居然看到一对青年男女在鲜花丛中拥抱亲吻,紫兮儿满脸绯红,一颗心怦怦乱跳,差点从秋千上跌落下来,她少女的心开始恣意萌动,她的精神有些恍惚,就连二姐拉着她的手一路狂奔到海边,她都没有醒悟过来她们回龙宫的时间到了,她们是龙女,是不能离开海水太久的,她是那般依依不舍地回过头,夕阳西下,一个白衣胜雪男子的背影,却突然闯进了紫兮儿蓝色的眼睛里,紫兮儿的眸子闪亮出奇异的光芒,可是,紫兮儿却来不及看清楚他的样子……

(二)

两个负责值夜班的虾兵耷拉着脑袋靠着墙角还在犯迷糊,紫兮儿蹑手蹑脚地走过去,把两个虾头砰地一声撞到一起。

"什么情况,宫内有强盗杀进来了吗?"大宝二宝慌慌张张地站起来找兵器。

紫兮儿神秘兮兮地把他们拉到跟前耳语起来。

大宝二宝捂着嘴巴不可思议地睁圆眼睛说:"大王有令,任何人不得离开水晶宫半步,要是被发现了,我们这颈上的虾头还能保吗?"

紫兮儿抖了抖手里一件亮闪闪的衣服,说:"大王今天要去西海龙王家做客,一时半会都不会回来,这件衣服可是件宝贝,是我用100颗上等珍珠从一条修炼千年的蛇精那儿换来的,只要披上它,大喊三声如意如意,任凭宫门把守如何森严,我们都可以避开所有人的耳目,不过太阳落山之后,它就会失去法力,所以记住,我们一定要及时赶回来。"

(三)

紫兮儿光着脚站在草地上对着山谷呼喊,她发梢上的水珠儿溅落到草地上,小草就开出了五颜六色的花朵,她的声音是那般清脆悦耳,森林里所有的动物都竖起了耳朵,甚至,连百灵鸟都停止了歌唱,一只金光闪闪的大鸟出现在天空中,它落到紫兮儿的肩膀上和紫兮儿亲热地说了一会悄悄话后,又拍拍翅膀向远方飞去。突然,一阵悠扬的笛声从山谷那边传来,山谷里的桃花开始朵朵盛开,一阵风吹过,粉红色的花瓣开始漫开飞舞,远远地,一个浑身雪白的男子骑着一匹白马缓缓出现了,他的脸在飞扬的花瓣里忽隐忽现,却无法掩饰住那般俊朗非凡,他浅笑盈盈,他翻身下马,花瓣儿纷纷滑落,他依旧那般纤尘不染地一步一步向紫兮儿走近。

对,就是这个模样,在紫兮儿的梦里,那个背影千回百回都是这个样子,紫兮儿忘情地飞奔过去,连鞋子都忘了穿,坚硬的石头硌疼了她的脚,她不管不顾,无情的荆棘刺破了她的腿,她也不觉得疼,大宝二宝跌跌撞撞追在后面声嘶力竭地喊:

"公主,公主,你的腿流血了,我们得赶快回去!"

可紫兮儿没有回头,这时,头顶上的乌云开始翻滚,倾盆大雨马上就要落下,狂风吹乱了她的长发,动物们开始四处逃散,花儿就要凋谢,紫兮儿还是义无反顾地向他跑去,她知道,她腿上的鳞片在流血中会一片片剥落,过不了多久,她的双腿就会剧烈疼痛,她也会在疼痛的折磨中死去,可她还是没有停下脚步,她再也不想只在梦中看到他的模样,她不想再离他那么遥远,她只想靠他近一点,再近一点,她只要听到了他心跳的声音,她就愿意躺在他的怀里慢慢死去。

他静静地站在那里,像等了紫兮儿一千年,他的眼睛犹如一潭清澈的湖水,这时,乌云散去,阳光撒到了紫兮儿的脸上,金色的鸟儿挥动着翅膀,各种鸟儿唱着动人的歌曲从四面八方围了过来,马儿仰天长啸一声载着他们向着远方奔去,紫兮儿把脸贴在他的背上,他的背影依然让她深深迷恋,她是如此幸福又是如此绝望,她闭上眼睛,一大滴泪珠悄然滑过她的脸颊,她开始感受到腿部有一丝钻心的疼,慢慢地,这种疼越来越多,越来越密集,她渐渐地昏迷过去……

(四)

"柳公子,快过来,公主醒了!"

紫兮儿睁开眼睛,看到了大宝二宝兴奋不已的脸,而紫兮儿深深眷恋着的男子,她终于知道了他叫柳公子,他站在门口,身材是那般修长伟岸,眼神是那般热切欣喜,他手里提着一个冒着热气的木桶,他急急地奔了过来,蹲下身子,小心地从水桶里搬起紫兮儿的双腿,放到面前热气腾腾的水桶里,紫兮儿看到了腿上的伤痕已经愈合,而痛疼的感觉已经在慢慢消退,紫兮儿抬起头,她看到窗外成千上万只小鸟在用小嘴采摘一种绿色的叶片,它们把叶片衔到一个铁锅里,铁锅下燃烧着熊熊的火焰,铁锅里翻滚着深褐色的水。

柳公子握着紫兮儿的手,深情地说:"紫兮儿,我们人间有一种神奇的叶子叫茶叶,我得到了仙人指点,只要用茶叶烧开的水再泡上七七四十九天,你的伤就会彻底愈合,最后你腿上的鳞片就会全部消失,而变得和人类一模一样,你就可以离开大海自由自在地生活在人间,你愿意永远陪伴在我的身边吗?"

紫兮儿感恩这种绿色小叶片给予她新的生命,她决定和心爱的人一起留在这里世世代代种植茶叶,后来越种越多,以至于荒山野岭全部变成了绿油油的茶园,再后来又闻讯迁来一些人,慢慢地形成了一个村落,因为这里终年云雾缭绕,村民把这个地方取名为云台山,云台山的村民因为天天喝茶,个个红光满面,长命百岁,他们又把茶叶送给周围的人,而造福更多的人类,后人为了纪念紫兮儿的功劳,给这种茶叶取名为"龙女茶"。

至于大宝二宝,纵有千般不舍,还是在天黑之前赶回了龙宫,他们看到紫兮儿和柳公子那般恩爱,差一点也动了凡心,他们决定回龙宫好好修炼成柳公子这等翩翩美男子,临走前,紫兮儿把隐形衣送给了他们,千叮万嘱他们一定要来看她,还让他们捎信给父皇母后,紫兮儿在人间死而复生,又爱上了凡间的男子,已经决意留在人间,请父皇母后一定要成全她。

大宝二宝回到宫中向龙王禀报,龙王一听龙颜大怒,亲自率领众虾兵蟹将们出海捉拿紫兮儿,可当他杀气腾腾来到凡间时,竟被一阵清香四溢的茶香熏得魂不附体,不知不觉在人间喝了大半天的茶,然后睡了个天昏地暗,醒来后只觉得神采奕奕,通体舒泰,莫名其妙地就改变了主意,恨不得自己也能留在人间,后来又来了几次,带回很多茶叶回宫中品尝,身体变得越发硬朗起来,再后来又生了一大堆小公主,渐渐地就把紫兮儿给忘了,只是必然每年派大宝二宝来取一些茶叶回宫。

云中仙

龚 聪

　　一场新雨，涤净尘埃，这原本清幽的山谷愈发纤尘不染。翠叶上缀着颗颗珍珠雨，泛着淡淡的绿光，混合着清冽的幽香，竟似仙境般出尘。

　　"这算什么云台仙境？云都没有，还说什么云仙呢？"一个刻薄的声音生生撕裂了这份静谧。这人也许是外来的达官显贵吧？云雾不以为意地笑了，一边娴熟地泡茶，一边将目光投向了远方：心中有俗，怎得仙境？至于云仙……

　　云仙是有的——至少在这小山村的传说中是有的。传说曾有一位女仙在游历人间之后，便居此闭关。仙女所到之处，皆现五彩祥云；每逢仙女出关之日更是彩云弥漫。人们因此称她为云仙。而这也得了云台仙境的美名。许是云仙庇佑，这里一直风调雨顺，人们生活安宁。可惜后来云仙不知所终，那仙云也尽数消失，只留下几个神秘的传说和那似乎沾了仙气的茶树，证明着这被喻为仙境的云台的神秘过往。

　　雨，再次悄然来到。云雾顿了顿手上的动作，微微皱了皱眉，意识到刚才那个人似乎没带伞。云雾是个孤女，她很小的时候来到云台，村民见她年幼，心生爱怜，便都拿她当自家女儿看待，转眼出落成了灵秀的模样。云雾说她是云台的女儿，自当为大家做点事，便搬去了山腰一间废弃了的小木屋，在那儿种茶。夏日里便在山脚搭了个茶棚，给来来往往的过路人倒杯茶解解暑。

她看了看外面，雨丝毫没有停的打算。今天应该不会有人来了吧？不如收拾一下便回家，只是可惜了这茶……

"姑娘，在下可否在这避雨？"一抹月白色的身影从雨中冲进茶棚，湿漉漉的长发滴着水，浑身贵气却毫无狼狈之感，云雾略微诧异地望了他一眼，暗惊这人的气度非凡。"公子哪里的话，尽管坐便是了。"那男子道了声谢便也不客气地坐下，云雾将一杯泡好的茶递至他面前，笑道："叫我云雾就行了，'姑娘'听着怪别扭的，""叶允，叫我叶大哥就好。"叶允眠了口茶，赞赏之意溢于言表："好茶！"

云雾和叶允一边喝茶一边聊着诗词歌赋，云雾虽居村野，却也谈吐不凡，对诗文也有见解，两人如逢知己，相谈甚欢。

不知不觉中，雨停了。叶允看着这如诗如画的青山，不由得感叹："江山锦绣景无暇，好一个云台仙境！""叶大哥倒是好兴致。""不过是俗人一个。雨停了，我也该走了，你也早些回家吧，这是茶钱。"叶允掏出一袋银子放在桌上。刚欲起身，就被云雾叫住"云雾在这搭个茶棚就是为了方便过路人，怎敢收钱？"叶允略带赞许地望了她一眼，收起钱袋，

道声抱歉便离开了。

此后,叶允偶尔来喝杯茶,或许是过意不去,也便帮着云雾泡一泡茶,一来二去两人也熟识了。一日中午,云雾早早地收拾茶具准备回家,见叶允面露不解就微笑地解释道:"今天是传说中云仙的诞辰,大家都会去山上寺院祭拜云仙,下山是不喝茶的。我做的新茶也可以喝了,叶大哥要是不嫌弃,就去我家喝杯茶吧。""求之不得。"

云雾的家是在半山腰,略显破旧的木屋前后种满了茶树,翠绿的叶子仿佛散发着灵气,云雾泡了一杯茶,递到叶允前面:"尝尝,新品种。"叶允也不推迟,接过茶一品,由衷地赞叹道:"这是我有生以来喝过的最好的茶了!就是当作贡品也丝毫不差啊!既然这茶是你做的,不如就做'云雾大叶茶'怎么样?"……

数日后,叶允便离开了。他说,有缘再见。月余后,有官家的人前来,说是寻找贡品'云雾大叶茶'。云雾不忍村民四处寻找,献出了大叶茶。官员留下一封信:愿茶女静候故人……

又过了一年,宁静的小山村平添了几分热闹,游者带来了几分喧嚣,而云雾却还是像以前一样在山脚供茶。

一日,云雾正在泡茶,忽然听见喝茶的人说建文帝削蕃触犯到了燕王党,可能这建文帝没多少好日子了。云雾一顿,茶杯落地清脆如玉碎,洒了一地茶叶。她沾了水在桌上写了两个字:允炆。一切早已明了。

该来的总是要来的。云雾抬头望了眼天空,云似乎厚了些。

一个月后,燕王登基,建文帝不知所终。又三月,全国基本稳定。燕王带领军队偷偷来到云台山脚。那时,云雾坐在茶棚喝茶。大军围山,围住了茶棚。燕王拔剑指着云雾问:"朱允文在哪?"云雾没有回答。她是收到过他的信的,就三个字:败,勿等。

旁边的村民替云雾解释道:"大人啊,我们一直住在这,云雾她根本就不知道您要找谁啊……"话未完,燕王部下的剑已挥过她的脖子。

"放肆!"淡淡的声音带着一种莫名的威严。"大胆朱棣,扰我仙境滥杀无辜,你可知罪!命尔等速速离去,永世不得踏入云台半步!"语毕。彩云乍现、笼罩大地。良久,烟云消散。大军不见踪影,云雾和茶棚也消失不见,村民安然地躺在地上,一切仿佛只是一场梦。梦醒了,一切又恢复了静谧的样子。

后来,山脚又开了一家茶棚,也是免费供茶,不同的是主人是个气宇轩昂的男子。每逢云仙诞辰,他便会泡一种特别的茶,他说这叫"云雾大叶茶",是云仙亲手所种……他说这些的时候嘴角总是挂着淡淡的笑。

后来的后来,每逢雨后,云海便会弥漫山谷,而云海中似乎有个散发着七彩光晕的人影。老一辈人说,那是云中仙,那是不朽的守护。

沧桑的大叶茶

仇金中

传说很久很久以前,云台山顶住着一位老禅师和他的徒弟小沙弥。老禅师鹤发童颜,前知五百年,后知五百年。一夜,老禅师打坐蒲团,突然山头银光闪耀,一座五彩莲台从远处飘来,上面坐着大慈大悲观世音菩萨。禅师微睁慧眼,只见观音菩萨挥袖,像是在撒什么种子。禅师好奇,步出佛堂,临高四处观看。突然一声巨响,眼前一黑,禅师昏倒在地。小沙弥赶紧把师父背到禅房,小心伺候着。第二天天刚亮,老禅师对小沙弥说:"徒儿,快同我到山门口去看看,到底发生了什么事。"走出山门,只见禅师惊叫道:"徒儿,快看!昨夜,我打坐看到观音菩萨踏着莲台在空中挥袖,像是撒什么种子。我当时昏倒在地,怎么今天这里凭空生出这么一山峰来?"小沙弥顺着师父手指的方向望去:"是啊,怎么一夜之间,眼前出现了翻天覆地的变化?"那远处斜斜的圆岭很像每日敲打的大鼓,那高耸的石崖活像一尊观音。从此,真武寺后面方向的山岭上就多了个"锣鼓岭""观音岩"。

一点没错,观音菩萨撒的是茶种。茶是寺庙道观的供品啊,礼佛最洁净的最虔诚的就是茶。人们请神首先就是三炷信香四盏青茶。说来,也真是奇怪,从那以后,凡是云台方圆百里,无论深山平地,溪边沟壑,到处都能找到野生的大叶茶。由于云台的地形地质复杂,茶叶品质也各有不同。分灰岩山茶、火岩山茶。灰岩山茶淡香不耐泡;火岩山茶香浓冷冽耐泡。

云台山的大叶茶,还有一个美丽的传说:当年修建真武寺,据说是潺溪坪一个叫邓公的人为首集资建造的。寺庙盖的瓦全是钢瓦,每片约十来斤重。据先祖讲,这钢瓦是宝庆府监造的,用船通过资水河运到马辔市。船运要付工钱吗?不用。因为当时资水风大浪急,只要船上装载有云台山的茶包子,绝不会摇晃翻船。所以商贩们乐意在跑运输时,买上点云台茶包并顺便把钢瓦捎带到马辔市,再由周边的百姓、虔诚的信徒及礼佛的商贩自觉地义务带上山。

这时云台的茶叶生意也非常红火走俏。沿潺溪水上,三门曾经是街,店铺两排,湖南坡、马路口、松柏台、岳溪等地都设立了茶庄,当时可谓是十里一茶庄、五里一饭店。

余丈国发茶财

蒋英姿

夏秋娘是柘溪小榕溪人，姓吴，原名吴夏。清代道光年间，吴氏家族在当地算得上显赫。但吴夏放着千金小姐不当，在那个大家族中硬是把自己练成了精明强干的管家婆，也获得了"秋娘"的桂冠。秋娘在安化方言中，指脾气臭爱使性子的女孩子，含了很深的贬义。吴家五代同堂，子孙中好吃懒做摇唇鼓舌争风吃醋之流都怕夏秋娘。

夏秋娘每天天不亮就起床，在院子里一边干活一边监视家人，谁起床迟了，她就给谁脸色看；小孩子浪费粮食或顽皮不好好念书，她也高声训斥，连同大人一起骂。她不仅负责家里的春耕生产田地租赁，还过问一家老小的生活开支。一个女孩子在家族中能有如此举足轻重的地位，得益于长辈对她的信任与宠溺。同辈中更多充斥的却是嫉妒与怨恨，都希望她快点出嫁，好落个耳根清静。但夏秋娘迟迟不肯嫁，直到有媒人上门为中砥大沙坪一带的大财主余丈国说亲，她才点头。那时，她已经二十八岁，是个老姑娘了。

媒人把夏秋娘的八字拿到余丈国家，另一媒人也在同一时间送来了小淹一富家千金的八字。为不得罪人，余丈国的父亲殿显公便把两个姑娘的八字做成阄要余丈国捻，余丈国捻到了小淹女孩的八字。顺从天意，余丈国与小淹女孩结了婚。可刚刚一年，妻子便生病去世。家人再次托媒去跟夏秋娘求亲。媒人不敢当面再跟夏秋娘对话，拐弯抹角找夏秋娘的表嫂问她的意见。夏秋娘说，嫁可以，但要我娘家打发我金银财宝三扁桶，绫罗绸缎两抽箱,另加上家里的头号水牯。

家人没打一丝折扣地答应了夏秋娘的要求,兴致勃勃地开始为她筹备婚事。"三扁桶,两抽箱,嫁掉吴家夏秋娘。"这曲童谣就是那时传下来的,体现了夏秋娘娘家人要嫁她出去的急迫心情。

到了出嫁那一天,夏秋娘款款走进花轿,掀开轿帘,她想再看一眼自己生活了二十九年的家,却发现自己点名要的头号水牯被调包换成了二号水牯。她立马要轿夫把轿停下,等家里派人到山上把头号水牯牵回来才重新上轿。家里养的十二头水牯夏秋娘每一头都非常熟悉。头号水牯样子跟其他水牯差不多,但它的脚印踩出来的图案是一个圆形的福字,夏秋娘希望把这份福气带进夫家。

结婚第二天,夏秋娘便问丈夫余丈国,安化最大的出息是什么,余丈国说是茶。夏秋娘便鼓励丈夫做茶生意。余丈国说山西茶客有十年没进山收茶了,茶价低廉,怕收了没人要。夏秋娘说,你只管收茶,走到哪,收到哪,越多越好,茶钱由我付。

于是,余丈国从小淹、江南一带开始收茶,过黄沙坪、桥口、大沙坪到仙缸洞、辰山直到新化,收的茶堆了几栋房。夏秋娘三扁桶、两抽箱陪嫁物品一件一件全变卖付了茶钱。

第二年,山西客商来了,因为山上所有的茶都被余丈国买去,山西客商只能从余丈国手上转买。结果,一两银子收回的茶卖到十两银子的高价,余丈国一下子成了大富翁。不仅在中砥一带,整个安化都赫赫有名。夸某个人家里有钱,便说家里富得像余丈国。

梅山仙茶

佚 名

在安化县高明乡西北边缘有一个名叫仙茶园的地方。远古时,这里住着一对夫妻,他们每天都是披星戴月地劳作,但生活过得很是艰难,甚至连温饱也解决不了。

有一天,他们在自己的山中发现了一株茶树,叶阔、枝繁,很是让他们喜爱,爱得不忍心去触碰。夫妻俩围着茶树转了无数个圈后,妻子终于忍不住伸出右手轻轻地摘了一个芽尖,送到鼻子前闻一闻,清清茶香沁人心脾。再看刚才摘芽尖的地方,居然又长出了新芽,恢复了原状,怎么也寻不出采摘的痕迹。夫妻俩很是奇怪。丈夫也试着摘了一个芽尖,手一离开,摘过的地方又是原来的样子。他们同时伸手一连摘了四五个芽尖,都是如此。他们想,这可能是遇到神话中的宝贝了,一定是上天对他们的眷顾。于是他们动手采摘起来,一直摘到月亮东升才回家。他们将采回来的茶叶连夜炒制烘烤加工,第二天一清早就挑到市面上去卖,果然卖了个好价钱。

从此,他们天天摘、天天制、天天卖,很快富裕了起来。但他们看到邻居们依然忙忙碌碌,解决不了温饱,便寻思着让乡亲们也来摘,但又考虑到人多地方窄,最后拿定主意让乡亲们排队依次每家取一枝回去扦插,让整个梅山都种满仙茶。

有一天,夫妻俩依旧上山采摘茶叶,仙茶树依然像往常一样可爱。他们摘到正午时分,准备动身回家吃午饭时,妻子忽然想小便,于是就躲到这棵仙茶树下的阴凉处方便

起来。这时忽见一缕蓝光从仙茶树凌空而起,继而消逝得无影无踪。他们很是奇怪,再看仙茶树,叶子陡然失去了光泽,并且快速凋零,树干枯萎,继而成了朽木。发生这一切,就是一瞬间的事,他们甚至连眼睛也没来得及眨一下,因惊愕张开的嘴巴也没来得及合拢。他们颓然坐在地上,心想,这也许是上天给他们的福分已经享受尽了。好在梅山已满是仙茶,但从此,整个梅山的茶叶摘了不能立即恢复,要有生长期,不过,仙茶的芳香依然保留了下来。

这个故事传开后,山民们都懂得茶乃圣洁之物,容不得一丝污秽,半点不敬。从此,大家怀着一颗礼圣之心,小心侍奉着这些梅山仙茶,连姑娘们进园采茶时,也不能化半点妆,洒一点儿香水,更不能带有异味的东西进茶园、茶房。甚至在加工茶叶时,有狐臭和脚气的人,也被谢绝参观,就这样,仙茶在梅山数千年生生不息。

芙蓉山的茶

吴建华

芙蓉山乃安化境内最高峰,古称"青阳山"或"无射山"。海拔1428米,由72峰环抱而成,其主峰之一的云雾山挺拔峻秀,高耸入云。四面群山朝拥,宛如众星捧月,状若出水芙蓉。山多寺庙遗迹,林径幽深,终年云雾缭绕、鸟语花香、气候宜人,仿如人间仙境。这里生产的茶叶,因聚山水之灵气、得神通之造化,被称为"仙茶"。

明洪武三十年(1397年),朱元璋钦点芙蓉山"芽茶"22斤,称为"四保贡茶",进贡朝廷。从此,仙茶的传说一直流传下来。

清代重臣两江总督陶澍在《咏安化茶》中有诗句云:"芙蓉插霞标,香炉渺云阙。自我来京华,久与此山别。"道出了陶澍对芙蓉山的情有独钟和对家乡茶的喜爱。

在芙蓉山南麓的高明乡,有一个村庄叫"仙茶园"。还有一个村,叫"仙茶村"。关于"仙茶"的来历,有一段美丽的传说。相传很久以前,在阳春三月的一天,一位村姑只身来到云雾缭绕的芙蓉山上去采茶,当她来到一悬崖之上,见一株茶树枝繁叶茂,撑如华盖,村姑欣喜若狂,卷袖便采,从早到晚已采满好几个竹篮,可刚采完这边,那边又长了新叶,边采摘边生长。日近黄昏,村姑怕被别人得见此茶,便脱掉上衣遮盖此茶,但由于茶树实在太大,她又脱下裤子遮盖。第二天当她再揭开衣服开始采茶时,发现便不再边采边长叶了。据老人们讲,那是"仙茶"神灵遭受了妇女裤子的侮辱,所以灵气散去,也只因那位村姑心中一个"贪"字而使仙茶遁形。有关"仙茶"与"仙茶园"的故事,至今让人们喜闻乐道。

老桑树和老茶山

申瑞瑾

北纬三十度的安化梅山深处,有一个小村落。每到秋天,漫山遍野的白茶花,一派"清裙玉面初相识,九月茶花满路开"的盛景。一条小溪自村前蜿蜒而过,村口长着不少参天的桑树。每到四月,绿油油的桑树上开始结乌亮亮的桑葚。调皮的孩子会攀上桑树,去采摘桑葚,送给弟弟妹妹或者心仪的邻家女孩。而勤劳的村妇,则把桑叶采摘下来养蚕。

其实,这个村子在茶马古道的必经处,每年都有茶商顺路进村收黑毛茶。他们把茶踩压成大包,用篾篓装好运往大西北,还顺便一起收购蚕宝宝吐的丝。而回程路过村子时,他们也会像走亲戚一样,停歇停歇,捎来一些西北的稀罕物。

每年,只要马蹄声响了,村民们就知道,茶商又要经过村子了。

不知经过了多少年,老桑树仍在,茶商换了一拨又一拨。小村静谧如昨。只是村民逐渐从茶商口里得知:陕西的泾阳能制茶砖了,原料用的就是安化黑毛茶。制的砖竟出了菌花,黄澄澄的,喝了口感比黑毛茶的更好,以牛羊肉为主食的边民们喜欢得不得了。

村民不知怎么做茶砖,他们自家喝的,也只是茶商挑剩的条粗叶阔的残次品,但不妨碍家家户户每年都存着一些黑毛茶。那时的安化山民,能粗茶淡饭就已万幸,哪有多余的油腻可解。每年存的一点黑毛茶也皆用来待客,或当药用。

那一年,桑葚又挂满枝头,高山茶也开始采摘了。

那天,少年阿桑和邻居阿美采茶归来,经过桑树下小歇。眼瞅着阿美脸色不好,阿桑着急了:你怎么了?她有气无力地答道:早上赶早,喝了碗冷粥就上山了,没料到太阳毒,感觉身上很热。阿桑忙不迭地说:"别急,到我家去。"

阿桑的父亲清源算村里的半个郎中,虽以采茶为生,但打小跟着父辈上山采药。谁有个三病两痛,经他弄点黑茶或者抓几把草药,就能药到病除。阿桑奶奶一早也有点不舒服,家里正煮着点黑茶呢。于是清源从灶鼎罐里倒出一碗热腾腾的黑茶,要阿美趁热喝下去。可半晌过去,阿美不见好转,还一阵猛咳。清源这才细瞧:孩子眼睛红红的,还咳嗽不止,不仅仅是消化不良。

屋前,阿桑妈妈正用一堆新鲜桑叶喂着蚕宝宝。清源想,桑叶能疏散风热、清肺润燥,阿美咳嗽这么厉害,单泡黑茶只怕效果不大,不如加入桑叶再煮煮?

他跑到阿桑妈妈跟前,抓起一把桑叶就走。阿桑妈妈不解:"你拿桑叶做什么?"他没回头。他将桑叶又洗了一遍,丢进鼎罐,再加些山泉水,继续用柴火煮。不一会,屋里就飘出除茶香外的桑叶清香。他端出一碗热茶,对昏昏沉沉的阿美说:"妹子,快喝下这碗茶。"阿美听话地喝了。慢慢地,她额头不烫了,整个人清醒起来了,还轻轻道了一声:"这茶好香啊!"阿桑悬着的心总算放了下来。阿美妈妈赶来,连忙说:"清源,多亏你救了阿美。"

从此,两家人关系更近了,阿桑和阿美慢慢长大。清源知道成年后阿桑的心思,托人去阿美家提亲,阿美家哪有不答应的道理,他们欢欢喜喜地成亲了。

桑叶和黑茶配在一起喝,不仅口感好,还能治病的消息,一传十十传百,不仅仅在安化茶乡被视为良药,桑香茯砖由此应运而生。

若干年以后,安化人掌握了茶砖的压制技术,黑砖、茯砖、桑香黑茶等都成为安化黑茶里的宠儿,桑茯更是以其金花的繁茂让菌香、茶香、桑香绝美交融。尘世间一切美好的相逢,必然结出最醇美的果实——桑叶与茶叶的完美结合,正如阿桑与阿美的美丽爱情故事。

金桑茯·银桑茯

刘盛琪

很早前,在荒蛮的梅山,每到春天山中茶树一片绿色。在这里有个小村庄,村里住着一对姐妹,从小没了爹娘,每天跟着村里人靠着上山采茶为生,村里人都叫两姐妹茶仙子,大的叫金仙、小的叫银仙。

一年春天,姐妹俩正在山上采茶,妹妹看到一只凤凰落在悬崖边的一棵茶树上,便追寻过去,不小心一脚踩空惊飞了凤凰。妹妹后悔莫及,回家便一卧不起,多日不见好转,姐姐心急也落得个病入膏肓。

这样到了冬天,姐妹俩身体越发糟糕,全村人也为她俩担心。傍晚时分,村外一个去西域经商的马队正好路过,闻得村子里有人生病,便停了下来。赶头马的小伙找来和自己同行的兄弟商议,把随身带来的一壶汤水送给了两位姑娘。当晚俩姐妹咳嗽骤停,第二天大家都还在睡梦中,只听见姐姐在跟妹妹说:"银仙你快起来给客人做饭,客人吃了好赶路。"兄弟俩从窗外听得俩姐妹说话声,一骨碌爬起兴奋地问:"姑娘,你们的病好了?"姐妹俩连声道谢:"是的,谢谢你们,不知道你们给我们喝的是什么灵丹妙药。"哥哥道:"这是我们家乡的桑叶,用水熬制而成的汤,平时身体有不适时备用的,能让你们的病好转就好了。"兄弟俩也很惊讶,这桑汤竟然对姐妹俩的病有如此功效。这个消息很快就传遍全村,也很感激两兄弟,全村人都挽留兄弟俩做金仙和银仙的如意郎君,姐妹俩也很乐意嫁给这两位救命恩人,兄弟俩为治愈姐妹俩的病便答应留了下来。

从此,姐妹俩上山采茶,兄弟俩在家熬制桑汤给村里人治病。一次哥哥突发奇想,如果把桑汤加入到茶水里不知道怎样,于是按照想法做成了一种琥珀色的茶汤,气味具有桑叶和茶叶的芳香,两姐妹喝了以后,觉得身体恢复得奇快。把这一消息传出后,全村人也开始每天喝这种茶,生病的人就越来越少。

过了很久,哥哥又想,既然放入桑叶的茶汤这么有治病功效,为什么不让更多的人享用呢,甚至还可以送给西域的那些朋友喝,不是一件大好事么,弟弟一听有道理,很快同意了哥哥的想法。但是,由于茶汤不方便携带,又有什么办法呢,这时弟弟说:"哥,你别急,我有一个办法,我们把茶叶和桑叶放在一起,压制成一块一块的茶砖,携带不就方便了吗。"哥哥恍然大悟:"对呀,我就怎么没有想到呢。"于是,把桑叶加入茶叶中,手工压制成一块一块的茶砖。

后来,茶砖放的时间长了,茶砖里面还长出了很多酷似金子的细颗粒,但喝了发现这更能治头痛、感冒、痢疾等病了,便把这些能治这么多病的茶砖用姐妹俩的名字取名叫作金桑茯和银桑茯。这以后,消息很快传开,很多的外村和西域人,都慕名而来,讨要金桑茯和银桑茯茶。

从此,兄弟俩和姐妹俩就带着全村人制作桑香茶,生活就越来越美好、越来越幸福了。

神奇的云台大叶茶

李 洪

湘中安化县马路镇云台山有一座寺庙,立于山之巅,拥在林之中,坐于云之上。这就是当地方圆几百里有名的真武观。

伫立真武观门前,放眼四周,绿色的植被丛间,似乎打开了一座天庭,起伏的峰峦,仿佛云中沉浮,那云如朵状,那雾似深海,只见一层一层的云雾如烟波翻滚如潮,一时从四面八方拥挤而来,又一时向四面八方缠绵而去,若即若离,在这里汇聚成一处独特的风景。有观者叹曰,真武观如坐立人间仙之境地也!

人间仙境的真武观建于哪一年,现已无从考证。但是,在青山绿水中的真武观与神秘莫测的云台大叶的传说故事,千百年来,却一直在当地百姓中广为美谈。

话说这一年的春季,草长莺飞,风和日丽。一日,真武观来了三个怀抱孩童的周边妇人,她们面容焦虑,步履匆匆,一进寺院,便跪地叩拜。她们是为了怀里的孩童来求香拜佛的。一旁道长玄机一见,不觉有些愕然,抱在怀里的三个孩童,居然脸容同出一色,蜡黄肌瘦,瞳孔似已塌陷,口中残留白沫之物。玄机见状便问,孩童何来这种病?其中一位妇人答道,三个孩子,好端端地在谷场坪里一起玩耍,吃过晚饭,突感腹痛,即而上吐下泻。前日去镇上看郎中,服了药,也不见好。今日便想到来真武观看道长,玄机便伸过手去,在其中一孩童的手上搭脉,连续搭过三个孩童脉后,玄机眉宇紧锁,说:"这些孩童得了痢疾。"三个妇人一听，眼睛随即鼓成水泡，痢疾为何病？腹痛，里急后重，泻下脓血便。时间过长，有性命之危。三个妇人一听，慌了手脚，立刻跪地叩头，求道长救人之命。玄机让妇人一一拜过菩萨，又一一划过符，闭眼赋经，口中念念有词。如此这般后，端来三剂汤药，让孩童一一饮下。孩童饮后，似乎有了一些灵动，三个妇人见之感激不尽，满心欢喜告辞回家去了。

这种求香拜佛，求医问诊，实属正常，不在话下。但玄机万万没有想到，只过了一日，那天三个妇人抱着孩童又一次来到了真武观。孩童仍然抱在怀里，面如土色，昏迷不醒，病态如前日一般，不见丝毫好转。玄机不觉惊奇，许多年来，游走四方，这种病见怪不怪，药到病除是常事，何来这般怪事？玄机百思不得其解。说来也怪，正当玄机无计可施时，忽见厢房院内，刮过一阵风来，随即旋起院内一地落叶，一只鹏鸟冲天而去。莫非惊动了菩萨？惊动了天皇？这绝非是小事！玄机不由多想，安顿好那三个妇人，背了竹篓，去真武观周边采药。

孩童的病如此让玄机揪心，玄机心里明白。此病湿热疫毒，寒湿结于肠，气血壅滞，脂膜血胳受损，化为浓血，大肠传导失序，谓之天行毒气，头热腹痛下痢，且具有流行性和传染性。此病又发生在孩童身上，孩童与成人抵抗能力差之千里。事不宜迟，小到孩童性命，大至人间瘟疫。

玄机正沉思间，便来到了真武观前的牛草坪，在一岩石旁放下竹篓，静立片刻，双手握在胸前，闭目赋经吟词，然后又缓缓地打开眼帘，注目张望四周。忽然，眼前风起云涌，一道光柱从空中垂射下来，立于牛草坪之中，只见一只鹏鸟展着翅膀带着云朵从光柱中悠悠而来，盘旋于牛草坪上空，鹏鸟回旋几圈后，落于牛草坪间，伸长尖利的嘴角如锄挖动，旋即腾空盘旋而上，钻入云端，去了天庭。整个过程前后不过半个时辰，玄机看得是目瞪口呆。这鹏鸟是太上老君的坐骑，莫非太上老君令鹏鸟送药来了？玄机正寻思近前看个究竟，眼前又闪过一道光电，既而传来一阵雷响，下起雨来，玄机抱着头急步走到一棵树下面躲雨，伸着脖子看。

随着一阵风刮过后，这雨集中在牛草坪的上空，淅淅沥沥下过一阵后，牛草坪上空顷刻间又云开日出。经过一场雨，空气格外舒爽宜人，玄机在树下不觉展了展双臂，急步走到鹏鸟啄土之处。近前一看，玄机惊叹不已！只见牛草坪上三处坑凹之处，已培上新土，新土

上各长出一棵树,排列整齐,绿郁葱葱,生机盎然。细细看去,此树属灌木型有性系,叶长为长卵圆,叶脉对称左右,舒展、肥厚、柔软,似茶,又似长寿草。三棵树,三个孩童,寓意深刻。玄机不由俯身细看,三棵树其芽尖细嫩透亮,色泽不一,一曰:绿芽;二曰:黄芽;三曰:紫芽。这都是当年太上老君骑鹏鸟来云台山炼丹之物,吸纳云台山万物之精华,经炼丹炉九九八十一天,炼成绿、黄、紫三颗丹珠,经金、木、水、火、土之养育,又经风、霜、雨、雪培植于树,统称"大叶槚",令其坐骑鹏鸟种植于云台山真武观牛草坪。这就是传说中的大叶槚?

《尔雅·释木》曰:"槚,苦荼。"茶的古称还有荼、诧、茗等。大叶槚即是茶,常饮成仙;大叶槚即是药,服之解百病。玄机不觉满心欢喜,跪地谢恩,即刻摘了数片于篓中,回寺煎熬至琥珀之汤,不温不火,让三个孩童服下,即刻生效。只见三个孩童两眼打开,目光炯炯,脸生红润,即可下地活蹦乱跳,恢复了往日的神采。玄机与三个妇人见之,一展笑容,喜不自禁。

从此,云台山在玄机的带领下,广为剪枝扦插,绿槚成林,遍布云台各山头,造福当地百姓,平安四方。后来,大叶槚是为珍贵之物,只因云台山独有的地形地貌繁衍,故更名为云台大叶茶。有联曰:"云台云脉彩云之上,绿山绿水茶绿其中"。联中之"茶",说的就是云台大叶茶。

仙茶

李 洪　陈熙丹

很久很久以前，传说在王母娘娘的后花园中，种植了一株名为"仙茶"的神奇小草，其枝油润铮亮，其叶茂盛，当日摘完，翌日长满，往来复去，浓郁不减，四季如春，翠绿不消。

"仙茶"之名，大有来历。当年太上老君周游凡间数年，踏遍山山水水，吸凡间百草之精华，取凡间千树之精髓，纳凡间万物之灵气，经炼丹炉九九八十一天炼成丹珠一颗。随后，太上老君献与玉帝，玉帝大悦，遂令人即刻在后花园中锄土种植，不日，放银河之水滋润，丹珠如遇甘露，生化成荫，葱葱绿绿。王母娘娘闻之亦满心欢喜，欣然摘下叶片，用瑶池圣泉煮沸，熬成琥珀之汤色，弥香四溢，盛于玉碗，好似琼浆玉液，送与玉帝，玉帝饮后，大赞不止，赐草名为"仙茶"。

"仙茶"形似凡间长寿草，枝繁错节，长年翠郁，叶络分明，扑鼻芬芳，既是赏物，又是饮品，甚是惹人喜爱。此后，王母娘娘日取瑶池圣泉煮沸，送与玉帝早中晚三次饮用，从不间断。日复一日，年复一年，"仙茶"功效奇特，天书宝典曰其：明目健神，平心静气，养颜美容，尤以通肠畅胃之奇效深得玉帝喜爱；要是用来熬成茶汤，琥珀汤色晶莹剔透，香气飘然甘爽宜人，寒来暑往还可活经通血除百病益延年。

然而，"仙茶"繁殖不多，移植极难，生机盎然，尤为珍贵，已是玉帝王母娘娘的御用饮品，众神仙只能却步观赏，常望草止渴。天书宝典记载，"仙茶"土壤特别，所需日、月、水、火、风、霜、雨、雪之四季阴阳齐备，实属成长不易。于是，便设专人细心照看养护才能长成。故王母娘娘不仅派有专人把门，还命身边最得意的金童海清和玉女玄采来进行照料守护。

这日，照料完"仙茶"的海清和玄采闲来无事，照例在后花园中嬉戏追逐，后面追赶的玄采突然被一物绊倒，晕乎中顿觉眼前一亮，刹那间，眼前如同云开雾散，耳畔生风，一道彩虹般的光束映入眼帘，五彩斑斓，光耀眼目。好生奇怪的玄采便隔着云层向凡间望去，但见，一群重峦叠嶂起伏，游离于霞光溢彩之中。玄采不觉惊呼："海清海清，快来看！"海清至，便与玄采俯身看去，原来是凡间不知哪处山林。依托于云海，彩虹当舞，峰峰相连，忽隐忽现，一峰当轴地沉浮旋动，更为奇怪的是，那翻滚的云雾，从四面八方滚来，又从四面八方泻去，那粉墨的轮廓，远远望去如一朵盛开的芙蓉花，令人心旷神怡，好不壮美。海清与玄采见状，一惊一呼，几乎异口同声，凡间居然还有如此美景，何不下得凡间，坐在芙蓉花上玩耍一番?！俩人对目一视，感同身受一拍即合，顾不得天条禁令，便牵手下凡来了。

金童海清和玉女玄采触景生情地下凡来到了这处山林，满心欢喜，煞是兴奋，穿云层，踏雾霭，拂绿林，每到一处，欢歌笑语，乐不可支，美不胜收，感慨万端。玄采突发奇想地对海清说："如能每日来此玩耍一番，开阔心境，日子又多了一处情趣。"海清道："这有何难？每日清闲之时，我陪你下来就是。"话间，俩人路过一口池塘，也觉得有些累了，便停下来歇息。

这是一口如同明镜一样的池塘，清澈见底，各色金鱼成群结队往来游弋，溅起涟漪，生机勃然；池塘四周植被低垂，映衬水面，水天一色；池中水浮睡莲，朵朵盛开，迎风荡漾。这美景，尽收眼底，叹为观止，海清与玄采直看得目瞪口呆，"嘀哟嘀哟"地叹。正左叹右嘘间，忽闻池塘一侧竹林深处传来声声山歌，如风铃摇曳，悠悠荡荡；如小溪潺潺，由远而近。海清与玄采不觉扭头望去，见一年轻男子挑着柴，步履轻盈地从竹林小路迎面走来，海清与玄采一见，兴高采烈，主动上前招呼。年轻男子也不怯生，立刻放下柴担，彬彬还礼。海清问："这是哪处山林？这般壮美。"男子答曰："芙蓉山便是。"海清与玄采听了，两目对视，不觉频频点头，好一个芙蓉山地名。赞叹之后，又问："何为芙蓉山？"男子笑曰："以池塘为中心，扶王山为轴，七十二座山峰叠然有序打开，池为蕾，峰为瓣，静观远眺，芙蓉花开也。"海清与玄采又是一番感叹。

话正投机，时辰已到。海清、玄采与男子互通了姓名，留下约定，便轻盈登步飞往天宫。

自此，海清、玄采知道年轻男子叫阿龙，居住芙蓉山中，常来常往，情同手足，并互为兄妹相称。

每日，海清与玄采相约来到芙蓉山，阿龙准时在池塘边等候。只要到了这个时候，他们或溪中摸鱼捉虾，或林中嬉戏追逐，或池边抚琴弹唱，尽享人间乐事，好不快活。

有一天，海清与玄采照例来到池塘边，阿龙不在，这使他们感到惊奇，莫非阿龙出事了？这种预感持续缠绕后，同时让他们作出了判断，阿龙是一个诚实守信的人，决然不会失约，阿龙一定是出事了。于是，海清和玄采来到了离池塘一里外的阿龙家里。果不其然，阿龙躺在床铺上，脸色蜡黄，上吐下泻，四肢无力，见海清与玄采来到家中，阿龙只是嘴唇动弹了几下，轻轻地吐出了含糊不清的两个字——痢疾。

海清玄采见状，随即返回天宫，在后花园"仙茶"旁走来走去，脑海中不断浮现阿龙和村民如今一个个痛苦难受的画面，绝望的眼神如一根根钢刺扎在海清和玄采心上，很是心疼。玄采说："海清哥，我们救救阿龙哥他们吧。"正在沉思的海清，仿佛从梦中惊醒，忽然眼前一亮，急步走到"仙茶"旁，很自信地道："就用'仙茶'！"玄采惊曰："怎么使得？"海清答道："已顾不得了！"

就这样，海清和玄采不顾后果，也未经王母娘娘的旨意，擅自摘下"仙茶"数片，用布片包好，藏于胸前，逾门过关，便再次来到芙蓉山。海清和玄采不仅把"仙茶"带到了芙蓉山，还从天宫带来了瑶池圣泉，洒泼池塘均匀搅拌，并开始在池塘周边种植，水就用池塘之水进行灌溉，"仙茶"似遇凡间神土圣水，日长尺余，不消三日便长成了。"仙茶"是天宫之灵物，在人间长成的"仙茶"不再是小草模样，芙蓉山中的土壤让"仙茶"更像是一棵树。之后,海清和玄采取"仙茶"叶片熬成汤给阿龙和其他村民喝了,喝下后果然即刻起效,阿龙和村民又恢复了往日的生气,村民对海清和玄采更是千恩万谢,直称他们是人间活菩萨。

就在这一切归于平静的时候,海清和玄采偷拿仙茶、盗取圣泉、私自下凡的事情终究被王母娘娘觉察,王母娘娘大发雷霆,旋即命天兵天将来到芙蓉山,将海清、玄采带回天庭受罚。看到天兵天将要带走海清、玄采去天宫受罚,芙蓉村的村民都慌了,这可怎么办?阿龙情急之下,与当地老者修书一封"千民感恩信",澄清原委。随后,无数周边乡邻跪地求饶,恳求王母娘娘念在海清和玄采是为拯救凡间驱病救人的份儿上宽恕海清、玄采的罪过。

如此这般场面,王母娘娘终被阿龙和村民的真情打动,又寻思海清、玄采也确为人间百姓解除疾苦才出此所为,做了一件大好事。此事虽可谅解,但天有天规,地有地法,此罪不能赦免,亦不容违背天规,便当场诏宣海清、玄采永远不得再入人间作为惩罚。至于"仙茶",王母娘娘也感念海清、玄采善心所至,解救苍生,呈报玉帝,不再追究。当日,玉帝下诏,因"仙茶"经芙蓉山土壤培育便将"仙茶"的"荼"字中间去掉一横,意为"人在草木中",与天无关,改荼为茶,并名为"仙茶"赐予芙蓉山,以扼人间再生此祸。村民为感谢海清、玄采的恩德,各取其名中一字,将海清、玄采常来玩耍的这处池塘名为清玄池,以此纪念这对金童玉女的救命之恩。

从此,芙蓉山有了"仙茶",也有了"清玄池",云雾缠绵,茶树飘香;峰峦叠嶂,山重水复。芙蓉山的村民在阿龙的带领下,安居乐业。

茯砖茶

吴尚平

湖南安化茯砖茶以松紧均匀,水色红浓,花开茂盛,香味纯正而誉满西北,深受维吾尔、哈萨克、裕固等少数民族的欢迎。当地有民谣曰:宁可三日无粮,不可一日无茶。由此可见,茯砖茶在他们的生活中占着何等重要的地位。

天池洞庭,远隔千山万水,为什么西北的少数民族兄弟喜欢饮用湖南的茯砖茶,说起来还有一段神奇的传说。

相传东汉永和年间,和帝刘肇为安定西北边塞,使人民免受兵荒战乱之苦,与西域各国建立了外交往来。公元91年至102年,和帝多次派班超率队运货到西域通商。

有一年的六月,班超带领布商和茶商赶着数十辆马车,在军队的护送下,浩浩荡荡,沿着前朝张骞开辟的丝绸之路向西进发。

商队西出帝都洛阳半月以后的一天中午,在前不着村后不着店的荒山野岭之中,遇到了一场暴雨,使得所载货物都淋得透湿。雨后天晴,丝绸布被风一吹就干了,可是茶叶要晒干没有三两天是不行的,茶商怕耽误了赶路的日期只吹干了茶叶表面的水分,重新包装打点就跟着队伍前进了。

进入河西走廊,车队在一望无际的戈壁沙滩上行走,烈日灼人,气温甚高。通过一个多月的长途跋涉,来到了酒泉地带。有一天黄昏,车队准备在驿站休息,护队的军校发现附近的戈壁滩上有一堆人在围观什么,为了安全起见,立刻催马向前看个究竟,只见两个蒙古族牧民捂着肚子在草地上滚来滚去,痛苦的喊叫声使人心碎,额头上汗珠如雨。听围观者介绍,这是草原戈壁上的不治之症,因为牧民们终年食的都是牛羊肉和奶类食品,由于脂肪多,不易消化,肚子鼓鼓胀胀,每年都有不少牧民死于此症。

班超听后,立即传令把患病的牧民抬回驿站诊治。经过一番仔细检查,医生确诊为消化不良之症。由于离开洛阳的时间太长,治肚子痛的药物已经用完。巧妇难为无米之炊。医生思来想去,急得在帐篷里团团转。忽然,他想到了茶叶。据史书记载:茶叶有清神醒脑,促进消化之功能,不妨试试看,医生把自己的想法向班超做了禀报。

班超一听,认为茶叶反正不会坏事,于是,命令医生试一试。

医生奉命去取茶叶,打开篓子一看,只见茶叶上密密麻麻长出了许多黄色的小斑点。他犹豫了,这长黄霉的茶叶能吃吗?救人一命,胜造七级浮屠。于是抓了两把发黄霉的茶叶放到锅子里一熬,给患病的牧民每人灌了一大碗。过了片刻,患者各放了几个屁,觉得舒服多了。又接着喝了两碗,肚子里几个鼓胀的硬块渐渐消失了。他们两人站起来,向班超与医生磕头致谢,并问是什么灵丹妙药使他们起死回生。班超答道:此乃楚地运来的茶叶。

道谢后,两位牧民立即跳上马,连夜把汉族商人用茶叶救他们性命的事向部落首领做了禀告。第二天一大早,班超的队伍还未启程,部落首领就带了厚礼来酬谢,并邀请班超到府上歇息几日。因时间不允许,班超谢绝了他们的好意。部落首领便用重金买了这批茶叶。

经后人研究,茶叶在一定的温度和湿度下发酵长出的黄霉叫谢瓦氏曲霉,能促进高蛋白和高脂肪的消化,是一种对人体有益的霉菌。

楚地茶叶能治病的消息像长了翅膀一般,一传十、十传百地传开了。渐渐地,草原戈壁的牧民都喜欢饮用这种发霉的茶了。

芙蓉仙茶

夏向安

传说梅王遣鹦鹉上芙蓉山采集仙茶，山顶有座芙蓉庙，庙后有一芙蓉山庄。二人进得庄来，一位老母相迎入座，得知客人来历，甚是欢喜，便招呼五个女儿相见，五个女儿皆穿红色衣裳。老母称其为大蓉、二蓉、三蓉、四蓉、五蓉，并吩咐她们烧茶做饭。不一会茶饭齐备，主客八人入座。说也奇怪，泡茶端上桌时，清香扑鼻。正欲喝时，碗里浮现红衣女郎的身影。喝茶时，抖起波纹，影子不见了。鹦鹉问其原因。老母道："此山原是天上仙山，住着几位仙女，因遭天王调戏，观音大士作法，将山沉至凡间，搭救了众仙女。她们便在山上植茶，勤劳不倦，用血汗浇灌茶苗生长。日子久了，茶叶印上了她们的身影，一入水，影子就浮出来了。后来，天上芙蓉公主召回了众仙女，仙茶和她们的身影却永留在人间。此茶名'白毛尖'，专采嫩叶尖制成。谷雨后共三日，而且在鸡叫时分采的茶，叫'贡茶'又称'鸡鸣茶'。这次县太爷派我家三日内缴纳百斤茶，三日内采这么多茶做梦也莫想。"言毕，老母泪如雨滴。鹦鹉忙劝慰道："今天梅王特遣我们来帮助你家的，采摘试试看，万一办不到，由我俩对付那一伙恶徒吧！"谷雨前一日晚上，众姐妹沐浴更衣，焚香秉烛祷告天地后，入园采摘。到第三日，众姐妹精疲力尽，在茶丛中朦胧入睡。梦见一群如花似玉的姑娘用双手在摘茶。不多久，众姑娘腾空而起，鹦鹉眼明手快，一纵身也飞上天，拉住后面一姑娘问道："姐姐们从何而来？"姑娘答道："奉芙蓉公主令，前来帮你们的。"转眼不见其身影，原来是一场梦境。姐妹们醒来，每蔸茶树下堆满了茶叶，回庄告之老母，再次焚香秉烛，拜谢天仙救苦救难。

安化擂茶习俗

戴茂文

安化擂茶的来历，有一段鲜为人知的传说。

安化擂茶起源于中华三始祖之一蚩尤帝。传说蚩尤是上古时代东夷集团九黎之君（九黎即九夷），中国神话中的武战神。据《逸周书·尝麦篇》记：蚩尤为了争夺适于牧放和浅耕的中原地带，率众部落举兵与炎帝大战，炎帝大败，疆土全无，转向黄帝求助，二帝即联手战蚩尤。在今河北省涿鹿县境内，统部与黄帝为首的炎黄部落展开了涿鹿之战，整整对峙了七七四十九天。黄帝只得请天神助其破之。双方杀得山摇地动，日抖星坠，血流成河。最后蚩尤被黄帝斩首葬之，身首异处。其刑枷沾满了蚩尤帝斑斑血迹被掷在山岗上，化为了密密的血枫林。后黄帝尊蚩尤帝为"兵主"，即战争之神。他威武勇猛的形象一直让人望而生畏，黄帝把他的形象画在车旗上，用来鼓励自己的军队勇敢作战。众诸侯见蚩尤像均不战而降。九黎、东夷（包括东南方的苗、土、瑶、彝黎等多个少数民族）等部族全部融入了炎黄部族，形成了今天中华民族的最早主体，蚩尤帝也因此得到了中华三始祖的尊称。

"涿鹿之战"是中国古代史传说中的一件大事。如《尚书》《战国策》《逸周书》《庄子》《列子》《史记》等文献中对这件事都有记载。据《龙鱼河图》《太平御览》卷七八引云："蚩尤兄弟八十一人，并兽身人语，铜头铁额，食砂石子。"其食砂石子之描述，民间传说源自：炎帝被蚩尤屡战屡败，炎帝趁夜色隔河察蚩阵，对岸数十篝火映红了半边天，只见黎男头戴铁盔上身赤露下身围兽皮，一个个从河边捧河沙往石架铁锅中倾倒，约半袋烟时刻锅内即泛红，一股浓烈的桐油味飘来，但见蚩兵个个分食。无数黎女则双腿紧夹石器，摇动手中木棒，似乎在磨树浆给蚩兵分饮。炎帝大惊，叹曰："此乃天兵也！"复土无望，即求诉于黄帝，后被史记之。此段故事经梅山文化权威人士分析认为："4600多年前炎帝所见情景，正是我们历代安化人打擂茶的情景。"因为位于湖南资水中游的安化古村落曾是蚩尤的第二故乡。靠打猎为生的九黎先民曾遍布安化、新化的崇山峻岭。现存安化思游界的蚩尤庵、蚩尤河、岳兵洞，现存新化的蚩尤屋场便是蚩尤曾经生活在安化、新化的见证。至后来关于擂茶传说出现了众多的版本。有安化人打擂茶的习俗，是祖祖辈辈流传下来的，此前谁也无法说明其来历。这个神奇的传说，却将我们安化打擂茶的习俗与曾经居住在安化的蚩尤帝紧紧地联系在一起。当年蚩尤帝带领九黎部落长途征战，少量稻米无法满足部落需要，唯有山中燕麦、荞麦、黎秀（安化对高粱的别称）、玉米、红薯片是唯一充饥饱肚之军需。炎帝所见黎女双腿拢紧夹石器磨树浆，实是九黎女在擂磨五谷杂粮打擂茶；众黎男炒食河沙，实为黎男将炒红的河沙做导热媒介物炒红薯片或其他五谷杂粮（即为炒换茶）。最近在中国河北省西北部桑干河下游，涿鹿之野古战场的古河床发现带有阴刻浅沟纹的弧形陶片，便是蚩尤九黎部落曾用擂茶伴以炒换茶充饥涿鹿中原的有力佐证。

　　蚩尤食砂石，安化人热砂"炒换茶"，是区分于其他地域擂茶习俗起源时间的重要证据。

安化茯茶香西域

何 奇

早在西汉时候,西域有个叫大宛的国家(即今日乌兹别克斯坦)。它拥有万里疆土,广阔的草原,肥沃的土地,成群的牛羊,堆积如山的金银财宝,富丽豪华的庄园。按说,国王应该无忧无虑,欢欢喜喜,享受锦衣玉食的生活。然而,他却时常唉声叹气,愁眉不展。到底怎么啦?有啥烦心事?原来国王美丽的小公主,随着年龄的增长,美妙的身材却变得越来越粗壮,脸庞青黑发紫越来越难看,且时常头痛发晕,每每卧床不起。应该说,女大十八变,越变越好看,而公主却越变越难看了,这件怪疾成了国王最大的心病。愁得他吃不下饭,睡不好觉。他下诏全国,谁能让公主恢复沉鱼落雁之美貌,赠与谁百群牛羊,万两黄金。然而,前来的大夫良医,面对这种怪异之疾,均摇头无奈。恰在此时,出使西域的汉使张骞,逃脱匈奴十余年的羁押,与翻译等人逃到了大宛国。听到此事,便让随之而来的茶商拿出巴掌大的一块茶砖与零散的桑叶,让公主熬煮后饮用。谁料连饮两个月后,公主粗壮臃肿的身子竟然渐渐苗条,脸庞也渐渐变得清秀靓丽,那种头痛发晕之症也渐渐消失。太神奇了!太神奇了!国王非常震惊,十分高兴,大宴三天,酬谢汉使张骞一行,并按诏书要给使团赠予牛羊和金银财宝,张骞坚持不收。就这样大宛国王与汉使结下深厚友谊,当得知张骞要前去月氏国时,赠送驼马和大批礼物,并派兵丁护送前往,到达康居国(今塔吉克斯坦境内)后,又与康居国国王协商,遣人将张骞使

团安全护送至大月氏……

据传，张骞给那位公主的茶，便是三湘四水之地出产的安化茯茶，因色泽呈黑，称"黑茶"。后来听说，那位公主因常年贪食牛羊肉，身患现今所说的肥胖症、高血压、脂肪肝和尿酸高之类病症，而黑茶具有帮助消化、美容等功效，桑叶具有降糖、降尿酸的神奇效果，所以茶叶与桑叶同煮饮用，使公主的病情渐渐痊愈。这一神奇的故事，如同春天里的和风，即刻传遍大宛和邻近国都以及西北草原，自此牧民农人纷纷饮茶。内地茶商也骑马乘驼，驮着茶叶商品，沿着丝绸之路和茶马古道走进西域草原，游走于地中海沿岸，进行以物易物的交换和买卖。丝路上驼铃叮咚，商贾茶客墨人，络绎不绝，东西方茶文化与丝绸商贸文化相互交流，百花齐放，一片繁荣！

芝麻豆子茶

黄正良

在安化二都乡里，40岁左右的人都记得，家里来了重要客人，奶奶或妈妈首先会烧火，用生铁炉罐或沙瓦罐烧上开水，然后或从木仓里，或从木扁桶里，或从挂在楼阁上的竹扁筐里，捧出一把豆子，或黄豆，或绿豆，或川豆，或花生，倒入一个土钵里，用泉水淘洗干净，再或倒入炒菜用的生铁锅里，或倒入烧开水用的沙瓦罐里，炒热、炒熟，直至炒香。有了开水，有了炒好的豆子，奶奶或妈妈就会根据来客人数和家里有资格陪茶人数，拿出茶碗。茶碗是家庭主妇的脸面，肯定是家里最精致、最漂亮、最干净、最小巧的碗，每碗约能盛水二两。乡里的妇人们都喜欢拿茶碗说事，现在也是如此，各家一般都会备有一"十"或几"十"个比较漂亮的茶碗，以招待客人用，特别是家里有喜事，妇人们首先要备好的是茶碗。奶奶或妈妈会在拿出的茶碗里分别放入茶叶芝麻、盐姜丝，然后放上烫手的豆子，用开水一冲，芝麻、豆子、茶叶、盐姜香味马上会占据你的鼻子，等端到你的面前，你感觉到的不仅是一碗茶，而是主人为你精工细作打造出的一份盛情。

也只有上了一定年纪的人才知道，看似一碗简单的芝麻豆子茶，其实里面有许多讲究，一点也不亚于茅台酒的调制，或现今功夫茶的冲煮。一是开水要是用新鲜泉水现烧得滚开的，如果发现冷了气，一定要立即再烧一滚。二是现炒的豆子一定为新年豆子，不能是陈年豆子。炒豆子最好是用炒菜用的生铁锅子炒，放一点山茶油，放一点盐，准确掌握好火候。一次不能炒得太多，多了炒得不匀，有的炭化了，有的还没有炒出香味；也不能炒得太少，太少了火候不容易把控，香味出不来。客人少，炒的豆子少，不能用生铁锅子要用沙瓦罐炒。用瓦罐炒一般不叫炒，叫摇，叫摇粒粒。将盛有豆子的沙瓦罐放到火堆边烧，每烧一会就用手提起来，将里面的豆子充分摇动，摇好后又放进去烧；摇豆子要专心，要及时，否则就会烧黑，泡出的茶汤色不好看，味苦。炒得一手好豆子是一个家庭主妇的手技，这当中有火的大小、豆子的多少、豆子的种类、翻炒的方式快慢、铁锅的冷热程度，放油盐多少的把握，有的媳妇很年轻就炒得一手好豆子，有的毛手毛脚一辈子炒的豆子也不尽如人意。三是芝麻要淘洗得干净，粒粒滚壮。安化人吃芝麻是不炒的，现在也不炒，能体现出芝麻的清香。四是盐姜丝要用新年仔姜晒成。把姜切成丝，用盐腌制一到两天，选上好的太阳，晒两到三天就好，然后用塑料袋或密封的罐子收藏备用。五是茶叶最好用新年的谷雨茶。安化人很讲究谷雨茶，在谷雨那几天将茶叶摘回家，通过清洗、晾干、火焙、揉搓、晾晒等工序制作好，用皮纸包好挂在楼阁的竹扁筐里。六是盐分的多少与冲水量有讲究，处理不好，明显影响口感和香味。

在安化山里，小孩子是不准吃茶的，当然是不准吃芝麻豆子类的茶，冷开水等还是要喝的。原因一是茶叶吃多了对小孩子身体不好；二是茶中的茶叶、豆子较粗，怕噎着；三是芝麻豆子茶必须趁热喝，小孩子喝怕烫伤；还有第四个原因，茶是一种贵气东西，小孩子过早享用会折了他的福。

馊茶解蜈蚣毒

邹萼初

安化山里人做工夫,要走很远的山路,爬坡上坳,来去艰难。为了不耽误农作的时间,把饭带到山上吃。

一天,一个张农夫带了一钵饭上山做工,天气热,怕太阳把饭晒馊了,就把饭放在一个潮湿阴凉处。相邻不远的地方也有个李农夫也在做工,做累了,到阴凉处歇息。有动静,他发现了一只蜈蚣从张农夫的饭里爬出来跑了。因张农夫的堂客感到丈夫做工辛苦,打了个鸡蛋放在饭上,蜈蚣却最爱吃鸡一类的东西。

蜈蚣虫是有毒的,被它咬一口,就会剧痛难忍。民间老人都会传俗,夏天的鸡肉一定要当天吃完,过夜怕蜈蚣虫爬了,吃了是要死人的。张农夫的饭被蜈蚣虫爬了,这钵饭是不能吃了,李农夫应该告诉张农夫。

可李农夫与张农夫有过积怨,彼此间互不搭理。经过一番思想斗争后,李农夫还是凭良心告诉了张农夫:"那钵饭不能吃了啦。"因为积怨,李农夫的话说得生硬,没有说饭为什么不能吃,张农夫认为李农夫不怀好意,中午肚子饿了,还是把饭吃下去了。

过了一段时间,蜈蚣虫毒发作了,口很渴,张农夫受不了了,他记起一个星期前做工带来的一竹筒茶放在山里,找到那一竹筒茶喝了,休息了一阵,没事了。

李农夫看到张农夫把饭吃了,想张农夫这回活不成了。当看到他难受时,真想把原因

告诉他,又一想,不能讲,我与他有仇,万一他死了,怀疑我下的毒怎么办?

过了一会儿,李农夫看到张农夫和之前一样在做工,便奇怪起来。回到家,去询问一位老中医,如果中了蜈蚣虫之毒,有什么办法可以解?

老中医告诉他:"七日的馊茶可以解蜈蚣虫之毒。"

茶山心弦

严　昵

据说很久以前,在马路镇云台山附近有一座茶庄,那里的人生活的自由自在,就如陶渊明在桃花源记中所说的阡陌交通,鸡犬相闻。他们共同经营着一片茶园,以种茶为生,以求制出世上最好的茶。他们奉云台为圣山,女子满18岁都要与自己心爱的男子上山接受神的祝福,如果未能成功就要另寻真正执手之人。

"呜呜……"夜间的宁静被这哭声打破。刹那间,枯黄的树叶纷纷从树上飘落,茶香弥漫着整个屋子,这个名为安乐的女子出生在这片茶香的故土。

"恭喜夫人,生了个千金!"几乎是同一时间,顾家夫人也生下了一位公子,这也许就注定了这两个婴儿的命运是要连在一起的。

安乐在父母的呵护下一天天长大,每天都去茶园。渐渐地,她也掌握了一些制茶的技术。跟一些姐妹们看着那一片绿油油的茶园,想着自己的公主梦。

顾云每天都要练习骑马、射箭,还要学好诗书琴画。父亲希望他有一天能继承家业,把顾家发扬光大。

安乐看到了成年的姐姐们,都带着自己心爱的男子去往云台山接受祝福。她深深地祝福姐姐们,也盼望着自己快快长大,遇见自己的王子。她坐在田埂上,看着夕阳在茶叶的映衬下慢慢隐下地平线。

顾云也快到了弱冠之年，父母为他张罗婚事，以求找个门当户对的媳妇。他讨厌母亲的做法可又不忍她伤心，便独自划一叶扁舟去野外散心。

今天是姐姐们上云台山的日子，安乐闲着无聊，便坐在小河边数着石头，只见突然平静的水面上荡漾起水波，抬头一看，一个少年姿态慵懒地靠在船边上，眉头微微皱起，眼神中透露出一丝忧伤。正当她盯着少年时，对方突然转过头来，两人的目光正好撞上。迟疑了一下，想起母亲所说绝不能让外族人知道他们的存在，于是她撒腿就跑，少年看女孩看见他就跑，便追了上去。至此，这茶园中多了一个少年，外界少了一个才子。

他们的爱情只能停留在没有族规的地方，而森严的族规却迫使二人只能逃向云台山，当他们登上云台山时，仿佛每一级台阶都在考验两人的坚贞感情，他们穿过层层树林，不知是感动了云台山的神灵，还是两个人的信念坚定，终于登上了云台山的山顶。族人们被他们的实际行动所感动，最终允许了他们在一起。从此，他们这族人也慢慢融入了大千世界。现在的云台山也成了著名的景点。

茶马古道的传说

姚玉莲

茶马古道,坐落在东坪县的一个角落,幽深的峡谷,一望无际的茶园,飞舞的瀑布,美丽的古栈道,被森林环绕的湖泊,净如明镜的天空,参天而凌乱的巨石,无不体现着大自然的鬼斧神工。

很久以前,在这儿住着一户人家,他们有一个美丽善良,勤劳孝顺的女儿,名字叫做叶儿,他们的日子虽过得清贫,却也快乐。

春天到了,茶园里散发着茶叶的清香,叶儿快速地摘着茶叶,她白嫩的小手在茶叶间穿梭,似与茶叶起舞,整个山间,都传递着他们快乐的笑声。而夜晚的焚香煮茶,更为他们的生活增添了几许温馨。

然而,家中的父亲因突患疾病昏倒,偶然路过的大夫告诉她们只有取到"仙峰塔"中的仙丹才可救回父亲。即使知道此去路途艰险,但母女俩还是义无反顾地出发了。

她们长途跋涉终于来到了山脚处,当她们爬到半山腰时突然电闪雷鸣,狂风暴雨,母亲不慎滚下了山坡。叶儿历尽艰辛找到了母亲,安置好母亲后,叶儿决定独自去取药,她用尽了所有的力气,终于爬过了那座艰险的山。而那座山,就是后来的"天梯山"。

狼狈的叶儿来到了一个宁静而清澈的湖旁,湖水照映着天边的彩虹,煞是好看。但是,这美丽的湖泊却阻挡了叶儿前行的道路。心急着要去救父亲的叶儿灵机一动,她把旁边的木头推进了湖里，然后抱着木头浮游而过。

筋疲力尽的叶儿最终到达了山顶，并在山顶的塔中取得了救命的仙丹。

最终叶儿用她的孝心拯救了父亲，而这一切，让天上的神仙都为之动容。后来有一天，一道佛光直射而下，叶儿和她的父母一起升上了天空，而叶儿，化作了天上的茶花仙子。

她用她的善心庇佑着这里的人们，庇佑着这里的一切生灵，让这儿越来越美丽，越来越祥和。

而我在那天有幸沐浴了那道佛光，还隐约看到了对面彩虹中的茶花仙子的微笑。

地名掌故

安化县

尹志斌

历史上安化县叫下梅山（新化为上梅山），为瑶人所占据。相传北宋熙宁年间，朝廷派章惇开梅山。官军至宁乡沩山，由小路进攻梅山，几次损兵折将，攻打不进。退兵沩山密印寺，因粮草短缺，暂请寺方供应。住了数日，进退两难，章惇只得写好招谕，差人送往梅山瑶寨。瑶主看了招谕大怒。当即撕了招谕，并对差书人大骂道："我梅山瑶王，上不与朝廷争夺天下，又不侵犯邻近县邑，为何要归顺朝廷。自古以来不斩来使，今天，我偏要割掉你的一只耳朵，以知我瑶王的厉害。"

差书人回到密印寺，禀报了章惇。章惇听了，大吃一惊，终日冥思苦想。又过了数日，并无良策。只得去找寺里长老颖诠商量，共议开梅山之事。

长老颖诠笑道："梅山方圆几百里，到处崇山峻岭，悬崖峭壁，攻是难以取胜的。昔日，东汉马援伏波将军率领大军前来平'五溪蛮'，督战数载，也未全部征服，今日若要强攻，损兵折将也是枉然，倒不如劝降，要瑶主归顺朝廷，才是上策。"

章惇道："长老之言，正合吾意。不过，我已差人送去招谕，瑶主不降，反割下差人的一只耳朵，无法再去规劝。"

即长老闭上眼睛，沉思一会又说："闻听瑶主笃信佛法，何不以说佛法为名，晓之以理，劝他归顺？"

章惇听了,连忙起身向长老拱手道:"此计甚好。请长老前往,卑职感恩不尽。"

"为朝廷出力,匹夫有责,贫僧怎敢推。"章惇大喜,连忙差人备素菜斋果,款待长老。

第二天,长老带领宝畦、善云两位僧侣,章惇派了两名文武官员,化装成僧人模样,一同前往。五人翻山越岭,来到了瑶寨。

长老等五人拜见瑶主,瑶主一一看了遍,指着那二位官人,向长老问道:"此二人不是僧伽,是哪里来的官人?"

长老拱手说道:"大王很有眼力,这二位是官家之子,因供茶失手,故而搏之。"

二位官人故作战战兢兢状。瑶主见二人的那个狼狈相,不再生疑。于是长老和二位僧侣开始说话。他们从佛家宗法讲到为天处世,从一方之主谈到国家大事,大丈夫如何顾全大局等。一番言词,瑶主听了,坐立不安。长老对二位官人使了个眼色,他二人再三开导,苦心劝谕,瑶主悔悟,答应率领全寨人马投降,归顺朝廷。

长老让二位官人速速回密印寺,禀报章惇。章惇听了大喜,即日带领随人前往瑶寨去见瑶主。

瑶主大开寨门,大小头目站立在沿路两旁迎接。旌旗招展,鼓乐齐鸣,长老和二名僧侣一同陪着瑶主,在百步之外迎接了章惇。他们一同来到大厅,瑶主对章惇言道:"那日一时鲁莽,割下了送书人的耳朵,请章大人定罪。"瑶主说完,连忙献刀,指着自己的耳朵说道:"请大夫下手吧!"

章惇笑道:"区区小事,何罪之有。"章惇和长老忙请瑶主人坐,谈笑风生,不在话下。

章惇一面大赏瑶军,一面立即上奏朝廷,皇帝见了奏本大喜,连忙与群臣商议,下了圣旨,寓归安德化之意,新置安化县,县衙设在梅城,瑶主为安化县县令,章惇留一文官为县丞,辅助治政。从此,安化县的县名一直沿用至今。

茅田铺

夏向安

古梅山充满传奇与神秘色彩,位于梅山腹地的安化,旧时不与外界交流。自安化置县后,开通铺递(驿站)。茅田铺位于古安化县城(今梅城)东门外十五里处,居古县城通往省会长沙(潭州)三十六铺大道的第一铺,此处原居有数十户葛姓人家,称之为葛家寨。

在明洪武元年(1368年)朱元璋登基时,各路将领率兵从四面八方涌向京城欢庆胜利,京城一时住宿困难,皇帝下令,已到长沙的将士"歇息三天",被误传为"血洗三天",便有了朱洪武血洗湖南之事。葛家寨在遭其惨案后人烟稀少,一片荒凉。后有人陆续从江西等地迁徙而来,目睹山上古木参天,良田茅草丛生,因此称此地为"茅田"。

清同治年间的一天,时任安化知县张默安其妻在家分娩生下一男婴,后来其子游耍好闲,好吃懒做,人们都叫他为"张公子"。随着张公子的年龄增长,张默安也越来越老,不得不考虑张公子将来的生存问题,便用搜刮来的民财大肆建铺,开通驿站与铺递。从县城到省会长沙全程建三十六处铺店,定城门外五里不设铺,后面十里为一铺,故首铺建在距古县城梅城十五里的茅田,称之茅田铺。张默安考虑每铺每年供张公子十天食宿,他的生活就会不成问题。

张默安去世后,铺面主人均每年请张公子吃十天饭,吃得几回后,张公子猜想其中

必有原因，因此所到之处且问究竟，铺店主人将其情况如实相告，张公子便要铺店主人拿纸笔墨来，写下了一个"卖"字。三十个铺店卖完后，张公子的生活失去了依托，以讨米而告终。

烧香尖

熊毅军

在安化县芙蓉山烧香尖山顶有一股清泉,泉水如同气泡向上涌出,清水清冽甘甜。沿山泉向四周散落生长着古老的仙茶树。这些茶树的来历源于宋代一个古老故事。

宋神宗年间,一个傍晚,烧香尖山顶突然出现一朵祥云,祥云上端坐着一个慈祥的老和尚,一对仙鹤口含翠绿茶苗,缓缓地落在烧香尖山泉边,仙鹤口吐茶苗,茶苗一落地,长出两株茂盛的茶树,茶树四周闪闪金光,老和尚从祥云上飘下,随手一扬,在茶树的后边现出一座玲珑小庙,小庙殿前安上一座茶罐,老和尚随手舀起一股山泉倒入茶罐,摘下翠绿茶叶放入茶罐,仙鹤挥动双翅,翩翩起舞。茶罐下燃起火焰,将仙茶煮起,一刹那,芙蓉山谷弥漫起一股清香。

从那天起,每天的傍晚,烧香尖山下的茶农都可看到一个慈祥的老和尚在山顶品茶。山脚下有一个茶农张喜峰的孙女得了一种怪病,全身瘙痒,整日啼哭不止,四处求医问药,不得而治。有天中午,张喜峰带孙女实在太累了,朦朦胧胧中,张喜峰看见一仙鹤含着三片茶叶放在其手中,耳边有一个声音在说,仙茶清泉,百病全消。仙鹤长鸣三声,飞向烧香尖山顶,张喜峰一下清醒过来,见手中三片茶叶,晶莹剔透,如同翡翠,张喜峰将茶叶用清泉水泡开,给孙女喂下,孙女停止了啼哭,全身也不痒了,孙女好了以后,张喜峰带领村民爬上烧香尖山顶,见山顶有一小庙,庙前有两株茶树,茶树下有一股清泉,

泉水涌动，如同盘走珍珠。村民在仙茶树下烧香礼拜，从此以后，只要山脚下村民有个三病两痛，都到烧香尖请三片仙茶，伴清泉饮下，即百病全消。

一直过了好多年，山下牛角塘有个土财主得知这件事后，起了私心，想把仙茶栽到自己的院子里。一个月黑风高的晚上，土财主带领家丁爬上烧香尖，找到两株仙茶，刚刚刨开茶土，只见一道白光，把土财主和家丁一下子推到了山下，山中的小庙缓缓飞向天空不见了，片片茶叶飞向烧香尖山下芙蓉山谷，长出株株茶树，成了今天的芙蓉仙茶。为了纪念那两株仙茶和慈祥的老和尚，烧香尖山下的山谷后人又称"神茶谷"。

梅子仑

夏向安

安化置县前,大梅山地区不服朝廷管理,屡遭其征讨与封锁。一日梅王聚集将领,商议广积粮振兴百业之事,将领们均表赞同。规划云峰山辟药场,紫云山下垦粮田,横柏界边设牧场。

大梅山区连云绝壁,山间无路。昔时畲粟麦,今日种桑麻,确非易事。云峰山上欲辟药场无路可通,须攀藤而上,耕者不胜其苦,梅王忧形于色。后想到对面紫云山上有三仙,何不去请教一番。遂率领三名硐卒步入山门。黄、苟、顿三仙迎接入庵,备香茶素斋款待之。座上梅王启齿:"三位师父心怀慈善,种药熬丹,救我黎庶,德莫厚焉。今欲一事相求,日昨弟兄商议于云峰山辟百亩药场,奈山顶无路可通,欲烦大仙指教。"黄仙道:"大王此举,泽及黎庶,愿助一臂之力。明晚,梅岭山谷间将辟出一条小道来。"梅王不胜欢喜,辞别回峒。

翌日黄昏,三仙来到梅子仑上,察看了四周地形,发现山谷间巨石纵横。顿仙道:"善哉!可利一战。"当即于岭上作起法来,说也奇异,山谷间石头皆变为豕。黄仙以鞭驱之,苟仙在前指点,群豕以硬咀撬土,铺成路面,再用足踏成平坦。到鸡鸣时,路即开成。三仙令群豕各归原地,化作石头。三头领队豕,因一夜疲劳于三座石上蒙眬睡去。黎明时,被苟仙鞭醒,慌忙奔向山谷,也化成石头,睡石上现出三个猪槽形。黄仙又在石缝间引出一道清泉,寒若冰雪,为人劳作时止渴,后人名曰"梅领寒泉"。顿仙最后在一座石头上拍一手掌痕作为开路之纪事。猪槽石、仙人掌石及清泉千古不朽。梅王闻路已开出,率领将士前来观看,附近百姓也纷纷跟上岭来,一条弯弯曲曲的道路,直通云峰山顶。人人称奇,个个道好。

后来在云峰山修建了云峰山庵,梅子仑上建了茶亭,茶亭有联曰:"梅岭寒泉能止渴,尘途此处好停车。"

九渡水

夏向安

芙蓉山下，有个无名村庄。有一年，村口倾盆大雨，闯入九条小龙后，经常兴风作浪，残害百姓。一日有条龙摇身一变，化作巫师模样，向村里人正言道："贵地遭水灾，可用九千九百斤米，制九千九百个丸，抛向江中，则波平浪静，能保安居乐业。"巫师走后，不两日又遇涨水，村里人挨家挨户凑米制丸，抛向江中后果然灵验。又有一年天降大雨，百姓前年遇荒，无法再凑米制丸，九条龙纠集一起朝天喷水。顷刻，芙蓉山下一片汪洋，村里人爬屋顶、攀树梢溺死人畜不少。芙蓉山姐妹见此情景，甚是焦急忧伤，欲拯救百姓，束手无策。当下姐妹们沐浴更衣，焚香秉烛，向天地祷告。说也奇怪，众姐妹不觉朦胧入睡，梦见一仙子从天而降，言道："芙蓉姐妹听着，山下涨水，乃九龙作怪。此九龙出自东海，快去求龙王收孽龙退水，以救黎庶！"言毕，仙子传授驾云，分水法术。姐妹皆聪慧，很快学会。只听仙子叫声："吾去也！"拂袖腾空而去。姐妹们醒转，原是南柯一梦。

天蒙蒙亮，姐妹们依法驾云去东海，降落云端，分开水路，由巡海夜叉引见龙王。龙王大惊，巡查后院，果然不见九条锁龙。忙令公主随芙蓉山姐妹前往收拿，六人驾云赶到芙蓉山顶。此时水已淹到屋顶，公主取出退水镜，向东南西北方向各照一次后，水便消退，百姓得救了。九条小龙见公主身影，一齐腾空，向西北方逃遁。公主大喝一声，"孽龙休走，我来也！"只见公主解下腰间长缨，向龙群中一抛，长缨放射出光芒，耀花了九条龙的眼睛，忽然劈啪几声，长缨碎成九段短，将九条小龙尽缚，形成圈状。公主赶上去握住长缨，好像牵着一串大鳅鱼。然后在云端向芙蓉山姐妹及观众挥手告别，径回东海去了。

后来，这无名村取名"九龙村"，那条藏龙河叫"九渡水"。

鱼水

夏向安

有这么一个地方,在一个漆黑的夜晚,突然电闪雷鸣,鬼哭神嚎,下起倾盆大雨。没等人们反应过来,雨突然停了,万籁俱寂。鱼类不见踪迹,水草禾苗像被啃过一样,大面积糟蹋,原本清澈的水,变得浑浊不堪。知府在得知这一消息的同时,益阳、华容传来同遭此灾。

华容一石匠武艺高强,身手不凡,知府便下令召见,并通知各地县令加强戒备,协同捉拿。几天几夜追赶到"鲤鱼坝",双方筋疲力尽。正值县令率官兵前来助战,鲤鱼精见势不妙,飞入洞穴(今六罗洞),县令腾空而过,双手紧抱鲤鱼鱼尾,石匠举起钢钎直插鱼尾,抡起铁锤猛击,将鲤鱼精拴住。钢钎同时穿过县令的身躯,离县令千米处突然冒出一滩鲜血,化为一塘澄清碧水(今淹塘),石匠体力耗尽倒在淹塘旁边,变成石堆。鲤鱼精口吐鲜血化清泉,躯体化巨石成鲤鱼形状,尾部还留钢钎所凿的圆孔。人们为失去县令、石匠痛哭不已,泪水化成三眼塘。县令、石匠在群众的配合下制服鲤鱼精,淹塘碧水造福于民,因纪念改名为"鱼水"。

张家仙湖

蒋述生

安化多山，有一座山远看就像一个很大的香炉，高耸云天，人们叫此山名为香炉山。此山的所有神奇，全在那美不胜收的山和岩石上，所以这个地方自古就有："天下仙境多奇山，不见溪河水底流。"此山之西十里有日月光山、屏风山，山岩平如树屏。香炉山下有两口清泉，流经于石林山底氹，氹口方圆有十公里左右，氹底深不可测，形状就像一个很深的擂钵。大家就叫张家氹，从岸上到底层要走两袋烟的工夫。氹的四周被山民整修为梯土，为氹壁而下。梯土都种上玉米、花生等农作物，氹底有泉水流经。泉水从张家氹流经柘雨氹，终流不止，不知进口在哪里，更不知出口在什么地方，长期以来就成了山里人们的生活用水。而这方圆几十里的山民喝了此水都长寿无疾，有"神水"之称。

香炉山半山腰有一栋低矮的石墙小屋，里面住着两个姓张的男人。据说这张家有五兄弟，在一年中就死了中间三个，只剩下大兄张果，小弟张五郎。两兄弟知书达理，为当地山民带子读书，因而世世代代在这里走出去的子孙层出不穷。

张家兄弟也喜欢画符念咒，以降妖除魔。有一天遇到了一个道士，这个道士很欣赏他两兄弟的聪明，就收了他俩为徒弟，道士打开一个书匣子，取出两卷发黄的书。上卷讲的是驱狐；下卷讲的是驱鬼。道士将书给他俩说道："你们只要认真读懂这两本书，好好地运用，便有意想不到的好运气。"事后，道士将书中的法术口诀毫不保留地传授给了他俩。从此后,张家兄弟为山民驱鬼降魔,给了这个地方一块平安的居住圣地,受到了山民们的拥爱。

香炉山已有大半年没有下雨了,天气干燥浮热。张家氹、柘雨氹的泉水也差不多断流了。有一天,天空中突然坠下一条龙,掉落在张家氹中,此时的氹水深没过一尺,落下的龙在氹水中不停地翻滚着,极力地向上腾空,但是上升不到二尺又掉了下来,全身早已灌满了泥浆,伏在泥水之中。这时氹岸山民都聚拢来,不知所措,张果和几个年轻人都向氹中走去,但是无法接近,因为泥浆太深。龙的双眼深情地望着张家兄弟和山民。张果在无能为力时,突然看见氹中一棵树的倒影,抬头一望,岸边一颗大槐树,一枝粗大的树枝横直在氹的上方。张果立即叫张五郎爬到树枝上去,也无法抓住龙角。张果在下面大喊,五郎双脚倒挂在树上,伸直双手,正好抓住了龙的两只角,用力向上提起助龙飞天,忽然龙一跃而起,腾空而去。

九月晴空万里,山民们正在忙着收割。一天下午,张果看到门口晒谷坪中两只山羊正在顶角打架,而且越来越厉害。孩子们都在旁边呐喊着,两只山羊互不相让,羊角差不多要断裂了。此时,张果不由全身一颤,抬头看着天象,久久地凝视着,忽然只见他大叫一声,仿佛从梦中惊醒,感到有大事发生,要变天了。他很快叫了张五郎,赶快通知山民上山。张五郎拿着铜脸盆,边打边喊:"大雨就要来了,赶快上山……"山民们急忙向山上跑去。

突然,天边掠过一道道闪电。响彻云天的雷声,地动山摇。漆黑的天,蚕豆大的雨点一倾而下。这场大雨下了三天三夜。一栋栋土墙房屋倒塌,一层层泥土瀑倾奔流,柘雨氹里来不及收割的农作物全部直洗氹底。突然一声巨响,一个庞大的岩石从上直流到氹底,堵住了泉水的出口。

三天三夜的大雨终于停了,大家望着山下所发生的一切,惊呆了,心潮澎湃。放眼望去,阡陌纵横,无数岩石,怪石裹露在水中,展示了一片石头美景,有的似城垣,似星宇;有的像飞禽走兽,还有的似娴静少女、剽悍勇士,显露出了一幅奇妙的山水画卷。

这时,大家欢呼着,跳跃着,奔下山去,围着张家氹、柘雨氹跳跃着。这时的张家氹、柘雨氹不再是氹,而成了堰塘。眼前壮观的美景,让大家心情愉悦,大家欢聚在张家堰塘岸边。而此时从天际飘来一位天神,站在岩石上,宣读玉帝圣旨:张家二兄弟力助龙王三太子有功,特令张果为张果老,加入蓬莱八仙,特赐毛驴一匹。

张果老成仙后,张家堰塘就名为张家仙湖。

卸甲园与跌马岩

陈明和

马路镇龙栖溪卸甲园，流传着一个美丽的传说。马援军一日行军至此，见此风景甚佳，于是扎营，埋锅做饭。马援有一习惯，每到一处扎营，必先窥视其地理，晓悟山川格局，心中才觉踏实。马援近段甚有一些烦恼。此处山川险恶，无有地图指引，心中感到一些空虚。马援转过一个山头，见临溪青石板上有一老人垂钓。此人垂钓甚有意思，躺在青石板上，一顶破草帽盖着头，呼呼大睡。而脚趾头却夹根钓竿，只要水面略有颤动，则脚

趾头一扬,一条鱼即被甩出水面,扑通一声落入桶内,灵敏潇洒之极。马援大惊,如此山川僻野之处,竟有如此人物。心知此人定非凡人,于是恭恭敬敬上前作揖,曰:"请问老翁,如何称呼?"那人纹丝不动,曰:"马将军乃朝廷命官,千里征程,仆仆风尘,征讨五溪蛮。在下乃一山野村夫,本应箪食壶浆,恭迎将军。只是在下祖上有一铁规,不能面视带甲之人。所以草帽遮目,请将军原谅。"马援一听,曰:"马援鲁莽,得罪,得罪。"于是解去盔甲,卸下战袍,刚想去扶起老翁。忽然一道金光,耀得马援睁不开眼。待金光过后,老人倏忽不见,青石板上却留下老人躺下的印痕。马援上前察看印痕,更是大惊,为梅山地形图。马援跪下,朝天而拜。后有人告之马援:"此地为龙栖溪,老翁即为河中蛟龙。"现在把马援脱衣处,称卸甲石,又称卸甲园。马路镇旺兴村有个跌马岩,马路溪白渡坡有个立刀岩,都与马援有关。

马路口

陈明和

汉伏波将军马援,一生酷爱名马。据传马援征讨五溪蛮曾到云台山。明代唐愈贤有诗:"千古英雄绝可怜,云台无用说蝉联。苍藤古木撑晴日,短牖残楹锁暮烟。万里音书严画虎,满天风雪阻飞鸢。而今矍铄翁何在,独立秋坛一怅然。"马援曾到三江口买马辔,后来此地称马辔。明清时为商贸之地,盛极一时,又叫马辔市。马援军行至此地,山高路险,荆莽丛生,几乎不能前行。兵士染疾,水土不服,而其座下马匹又病,致使兵马困于此地。马援着急,竟又无可奈何。是夜月明星朗,马援烦躁,于军帐外漫步,乃吟诗:"滔滔武溪一何深!鸟飞不度,兽不敢临。嗟哉武溪多毒淫!"忽然间空中现一金龙,化而为马。此马匍匐于地,马援跃上马背。此马扬鬃大啸,忽然奋蹄,只见金光闪闪。所过之处,荆莽全避,竟现出一条宽阔马路。马援大喜,于鞍上大呼:马路,马路,吾军不得困矣。即刻勒住马缰,滚鞍下马,朝天拜谢。"马路口"地名,便由此而来。

九龙池

邓志军

在雪峰山麓,安化和新化交界的地方,有一座主峰,主峰周围有八座高峰。这九座峰好似九条龙齐入山峰顶部的一个水池饮水,故名"九龙池"。此地海拔1620米,是湘中第一高峰。

相传很久以前,有一年,从五月端午到八月中秋,天上没有下过一滴雨。雪峰山绿油油的庄稼叶子被漫天的蝗虫疯狂地啃食,后来全都被焦干,用手搓一把就成了粉沫;河里的石头泛着青烟,能烤熟鸡蛋;乡下人个个都嘴干唇裂,嚅动困难,身上脏污,毛发老长,漫天的蝗虫和人们抢食着树叶,那些年老体弱的乡亲只能躺在床上,门都不能出了。

附近村子里有一户扶姓人家,老两口九个儿子,儿子们个个勤劳善良,体格强壮。家中已经断粮数天,老两口病倒在床,兄弟们看到躺在床上的父母,想到村里的乡亲一个个离去,想到冒烟的土地,枯死的庄稼和草木,决心一定弄点水来,不然……他们不敢往下想。可是,到哪里去找水呢?所有的村子都井涸溪断流,资江河里滴水不见,鱼虾已经躺在河床上翻白眼,河里臭气熏天。

一天晚上,病床上的父亲刚合上眼,一个清瘦的老人来到跟前,捋着白胡子,叫着他的名字说:"能不能叫你的儿子们辛苦一下,"老人顿了顿说,"不仅能救你们俩口,救村里人,还能够保证这里亘古千秋不缺水,庄稼丰收,猪肥牛壮。"他正要问个明白,老人不见了。他知道是个梦,可叫孩子们辛苦,是要他们做点什么呢?父亲百思不得其解。

老大还在寻思,该用什么办法来解决眼前的困难?他翻来覆去的睡不着。迷糊中,一个清瘦的老人捋着白胡子对他说:"你们兄弟在山顶上挖一个水池,要能装九九八十一担水,去南岳背九桶水,去北岳背九桶水,一齐放进池子里,这样大家就有救了。"

老大把兄弟们叫到父母房间里，他刚要开口，老二和老三就抢着说自己做了一个梦。他们说出来梦的内容和老大一样，那个老爷爷就跟他们父亲见过的一个样，也是清瘦的身躯，长长的白胡子。老幺却说，他睡梦中也是那个老爷爷，爷爷交给他两只背篓让其背水，又从身上掏出一个棕片包的东西，说是老爷爷让他交给大哥，让背水的和挖水池的带在身上，有困难时可以用，没用完的带回来种到山上，以后人们可以靠它发财。

老大做了安排，老三带着两个最小的弟弟到山顶挖水池，老二带着老四老五去南岳背水，自己带着老六老七去北岳背水。老大老二去寻水桶时发现水桶箍早断了，水桶裂开成一片一片的木块，就背了老爷爷送的竹篓子。老大又把棕片包的东西分成三份，去北岳南岳背水的各带一份，给老三他们留一份。

到北方去的三兄弟，经过长江时遇上了鳄鱼，经过黄河时遇上了黄河发洪水，他们被鳄鱼咬了，被洪水冲下来的利器砸伤了，就吃一丁点棕片里的东西，伤好了，九九八十一天，他们背回了九桶北岳水。到南方去的三兄弟，在雪峰山连绵起伏的山岭中，遇到了豺狼虎豹，在山洞里过夜时受到瘴气侵害，他们受伤了感染了，就吃一丁点棕片里的东西，伤病好了，九九八十一天，他们背回了九桶南岳水；剩下的三兄弟，挖水池挖出了毒蛇蜈蚣，被咬了，锄头挖伤了脚，他们吃一丁点棕片里的东西，全都好了，九九八十一天，他们挖好了水池；父母吃了棕片里的东西，病也好了。

九兄弟把南岳的水北岳的水都倒进池子里，水池里的水渐渐升高了，不一会，水池满了。水池溢出来的水流到哪里哪里的草绿了，树绿了，花红了；流到村子里，年轻人捧着喝了，嘴唇湿润了，身体有劲了；体弱的老人捧着喝了，病也好了。他们把棕片里剩下来的东西播撒到山上，山上遍地长出不同的药材。

地润了，天凉了，老汉两口美美的睡了一觉。快天明时，一个人从门外走进来，越来越高，越来越大，及至走到老汉跟前，已是身高一丈八尺的大汉，"老头子，不要怕，我是山神。"大汉的声音好像是洞子里发出的，伴随着轰鸣声，"你儿子掌握了只有太上老君知道的龙王喷水秘方，触怒了龙王，奉龙王之命，刚才已经将他们点化为山，守候在山上。"说完就不见了。老汉和老婆起床出门，不见了儿子们，就看见九座山护着一池水。

从此，这地方成了九龙池，遍地药香。

天光坳

蒋华南

天光坳,位于安化梅城西北部,乐安至新化白溪公路三公里处的一处山坳,原为茶马古道关隘口。此处建有天光坳茶亭,供行人马队避雨歇凉解渴之需,长期有人居住烧水供应茶水,因而远近闻名。旧时,此处山高林密,荆棘遍野,有一夫当关万夫莫开之势,周围居民避而远之,极其荒凉。后经历代开发,现为安化县陶瓷厂,车水马龙,今非昔比。但茶亭已被拆除。

关于天光坳名称的来历,当地有一段神话传说:

秦始皇统一六国后,为保国泰民安,传位万代,御敌于国门之外,经深思熟虑,决定在北方数省,东起山海关,西至嘉峪关,修筑举世闻名的万里长城。布告天下,强征百万民工,赶赴工地。在修建过程中,民工饥寒交迫,从事繁重的体力劳动,却昼夜不息,伤亡病死者不计其数,世间怨气冲天。

此事惊动大慈大悲的观世音菩萨,她顿生怜悯之心,赶赴修建长城工地上空,立在云头,用手托起头上青丝,施以法术,变成红丝带,系到民夫的扁担上,帮助他们力气大增,效率提高了不少。

长城竣工之际,秦始皇下旨:"所有红丝带一律上缴充公。"民工无奈,只得违心上缴。秦始皇便命道士制成仙鞭,梦想能赶山填平东海,扩增疆土面积。他密遣一道士,反复叮

嘱:"只许夜间行事,切勿惊动民间及上苍,事成之后尽早回宫复命,必有重赏。"

  道士领旨后,选定黄道吉日,趁夜腾云驾雾,赶赴昆仑,立在云端,念动咒语,挥舞赶山神鞭,把昆仑山部分山体像赶羊群一样,急忙赶往去填东海,但赶到安化乐安镇乐华地段时,还是被当地土地公发觉,土地公遂化作金鸡报晓啼鸣。道士听到鸡鸣非常害怕,以为即将天明,泄露赶山填海机密,他便丢掉赶山鞭慌忙逃走,回宫复命去了。自此后,该山坳便叫天光坳,一直延续至今。

八斗米山

黄本安

在新化和安化两县交界处的大熊山境内,有一座叫八斗米的高山。海拔1500余米,中间隔着老山界、中奇界、黄阳界、长行界等崇山峻岭,几十里无人烟,昼有豺狼,夜藏虎豹。有一条崎岖小路可到新化圳上。八斗米山部分区域属于文溪的板楼、中家两个高山村,每到冬天农闲时节,会有不少村民到那里去挖山药。为什么大家将这座山命名为八斗米山,缘于一个传说故事。

很久以前,八斗米山下住着兄弟俩,父母早逝,两人相依为命。家里长年养一公一母两头牛,靠母牛生小牛出售增加家庭收入。大山里养牛都是敞放,上午把牛放到青草肥嫩的地方吃草,自己去干农活。到了太阳快下山的时候,再把牛赶回家。为了方便找牛,牛的脖子上都系了一个铃铛,隔好远就能听到声音。

有一天晚上收工时,弟弟到放牧的地方去寻牛,没有听到牛铃声,两头牛也不见了踪迹。弟弟寻到天黑了也没有寻到牛,赶紧回家喊哥哥一同去找。兄弟俩将放牛的地方方圆两里左右寻了个遍,仍不见牛的踪影,只好回家了。

这事传到每个村民耳朵里,都觉得奇怪。两头牛不是一根针,总在这一带的深山老林里,或者是杂草丛生的荒野,就是被豺狼虎豹吃掉了,也要留下几根骨头,即使骨头啃掉了,那两个铃铛还在。兄弟俩认为有道理,便请村里的人一起帮忙寻找了几天,毫无结果。

　　兄弟俩不甘心,继续找。寻到第十天,两人在一个山头发现了一棵与众不同的树:树高十余米,树干光滑,树叶为椭圆形,开五瓣花,气味芳香;有的枝干上已挂上了果,果荚长条形,表面有纵形条纹。兄弟俩小时候听父母亲讲过,这座山里有一棵神仙树,大家都曾努力寻找,但从来没有人看见过,据说神仙树很珍贵,叶子和花都可以做药,果实可以充饥。哥哥对弟弟说:"这一定是神仙树!我们把它挖回去,栽到菜园里。一定能发大财。"弟弟说:"可今天我们没有带锄头。"哥哥说:"明天我们带了锄头再来挖。"担心第二天找不到这个地方,哥哥解下腰上揩汗的白手巾系到了神仙树的枝头上。

　　第二天,兄弟俩早早就扛着锄头进了山,他们急切地在山上寻找系着白毛巾的神仙树,可让他们目瞪口呆的是,举目四顾,大大小小的树上都系着同样的一条白毛巾。兄弟俩心里明白了,神仙树是仙物,凡人是不可随意动歪心思的。

　　兄弟俩打消了继续寻找神仙树的念头,回到了村子里,继续辛勤耕种。一天清晨,两人突然被一阵熟悉的铃声惊醒,两头失踪的牛居然奇迹般地自己回来了。兄弟俩高兴之余做了一番统计:为寻找这两头牛,自己找了十天,请人找了八天,吃掉的大米有八斗之多,便把这座神奇的高山命名为八斗米山。

马颈寨

黄本安

从前的板楼溪,是隐藏在大山深处的一条沟壑,如梯子一级一级往上延伸。沟壑里看不到流水,但听得到潺潺水声。溪源头有一座山,山势陡峭,高耸云天。攀岩附壁,可到山顶。山顶地势开阔而平坦,方圆一平方公里。无参天大树,多灌木林。站在溪岸,遥望这座山,若马颈状,当地人称马颈山。

宋朝末年,宋军被元军打得落花流水,节节败退。有一支残部逃到偏远荒蛮的马颈山,暂时休整。当时为首的是刘、向两位首领,率200余人马。他们希望有一天,宋朝的军队能收复失地,重整江山,他们便可继续为大宋效力。刚开始,部队纪律严明,对当地老百姓秋毫无犯。大家动手修建军营,开荒种地,自力更生,和当地老百姓相处融洽,彼此相安无事。

1279年,宋朝军队与蒙古军队在南海崖山进行大规模海战,元军以少胜多,宋军全军覆灭,南宋灭亡。刘、向两位首领得知后,痛哭流泪,绝望伤心。他们不服元朝管制,开始招兵买马,立山为王。马颈山被更名为马颈寨,队伍很快发展到了300多人。

落草为寇,良莠不齐,自我约束便放松了。将士们不再想参与生产劳动,而是三五成群在周围的村子里打家劫舍。晚上还提着灯笼下山到板楼溪村子里偷鸡摸狗,调戏、强奸妇女。两位寨主也腐化堕落,差遣小喽啰下山强抢了两名民女上山当压寨夫人，导致一名少女用剪刀刺破了自己的喉咙，死于非命。村里的群众愤恨不已，但敢怒不敢言。

几年以后，元朝政府决定派兵围剿马颈寨。刘、向两位头领闻信，立即召开紧急会议，商量作战方案。他们利用地形的优势，在1500余米长的山路上筑起了三道防线。每道防线都就地取材，准备了大量的滚石和滚木，安排了弓箭手，阻止进攻。

两位元军统领，一正一副，一个姓李，一个姓宋，带着一支几百人的队伍，全副武装，进驻于板楼溪。他们找村民调查了解情况，摸清了马颈寨的虚实，做好了进攻的准备。

战斗开始，马颈寨的第一道防线地势比较平坦，滚木滚石杀伤力不大，虽然居高临下，但寡不敌众，第一道防线失手，寨军伤亡惨重。第二天，官军斗志昂扬，乘胜进攻第二道防线。地势变陡，寨军的滚木滚石发挥了作用，加上刘、向两头领增加了防守力量，官军失败，伤亡甚多。时值金秋，气候干燥，林间落叶堆积，第三天官军改用火攻。烈火熊熊，让寨军始料未及，第二道防线又失守。官军派部队在二道防线驻守。寨军召开紧急会议，研究对策。第三道防线就在山顶，道路左右全是悬崖绝壁，插翅难上。寨军在第二道防线与第三道防线之间砍出了一道防火带，官军再用火攻也无济于事。坚持了两个多月，官军李统领心中焦急，请了几位当地老农商议，征求破敌方法。有人提议，可到娘娘庙求庙里的观音娘娘，那里的观音娘娘很显灵，有求必应。李统领虽然疑惑，但第二天还是带领几个战士找到了娘娘庙，焚香跪拜，发愿求教。当晚他睡在床上，神情恍惚时，娘娘庙的观音娘娘手持净瓶，出现在他面前，神情凝重地告诉他："马颈寨的南面，有一条放牛的小道可到山寨，路上有一块较大的岩石，你必须到那儿上马，才能趁其不备，大获全胜。"李统领从梦中惊醒后，赶紧派出几个人到山南去侦探，结果山南果然有一个叫柘木界的地方，有一条小道，有一块岩石，与观世音娘娘说的完全吻合。

一个月白风清的夜晚，李统领带着几百人的队伍，宋副统领殿后，上柘木界，走放牛的羊肠小道，偃旗息鼓，马含枚，人屏息，神不知鬼不觉地向马颈寨进发。途中果然看到有一座岩石，突兀耸立，李统领遵照观音娘娘的指示，在此上马，加速行进。

马颈寨的两位寨主,对板楼溪上马颈寨的几道防线做到了严防死守,可以说是固若金汤,但对背后的这条一直无人行走的小道未引起重视,虽有岗哨,没有重点设防。加上寨军久不应战,思想有所松懈。这天夜晚,李统领的军队偷偷摸到了马颈寨的外围,把哨兵杀了,并迅速包围了两个寨主的军营,一时大乱。两位寨主梦中惊醒,披挂上阵,被李、宋两统领斩于马下,结果了性命。战士们见寨主战死,都举手投降。

700多年前的历史早已曲终人散,但当年李统领上马时脚踏的上马岩还在;当年寨军使用过的磨粉的磨子和舂米的碓壳还在;当年的山寨使用过的寨名还在……

天子山

龚胡璇

话说湖南有 48 座天子山，而其中一座就位于安化县梅城镇苏梅村。这座大山，坐北朝南，酷似飞龙，正好落在龙脉的龙口上，龙尾延伸至榧子冲。山前的梅溪河绕着山脚自西向东缓缓流过，山的左边有片郁郁葱葱的竹林，名叫楠竹园。这里为什么叫"天子山"？原来是流传着一个神奇的传说。

很久以前，天子山有一户人家，一位妇人怀孕已有 1 年却未见孩子落地，家人便找了算命先生，对方说，此胎不是凡胎，家人莫着急，得怀上个三年 6 个月才能落地，且妇人不得出堂屋，不能把堂屋门打开。说完算命先生就不愿再多说，家人都感到很惊奇，难道是个妖怪？而算命先生闭眼来忌话，天机不可泄露，望贵妇切莫开这堂屋门。走之前，还在堂屋的神台前放了一把桃木剑。

寒来暑往，妇人真的怀了三年，而她当然在家中待了三年从未出门。这年立秋刚过，秋老虎凶猛，天气闷热得很，妇人一人在家睡在凉席歇凉，而家人都去山上忙农活。这时，堂屋内突然出现一条大黑蛇，一动不动地盘在神台前方，妇人看到后，吓得惊起，她拿起锄头防身，想一锄头敲下去，却想起民间的说法，这蛇有灵性不能杀只能赶，就口中念念有词道："梅山老爷请您送这畜生出去，来日许您香火；梅山老爷请您送这畜生出去，来日许您香火。"而这畜生吐着蛇信子，扭动身体开始移动往堂屋外走，而堂屋的门却是关着的，妇人生怕这畜生突然反咬伤到自己肚中孩子，就用锄头把门给推开了一小缝，这不推开还好，这儿一推开，神台前的桃木剑突然直直往东方射去，消失于天际，不知射到哪里，那条黑蛇也不见踪影，妇人吓出了一身冷汗。

半年后，妇人果然顺利产下一子，虎头虎脑，出生那刻，天上霞光万丈，却又风云变幻。

这桃木剑到底飞向了哪里呢！那天正是朝堂议事，忽地一把桃木剑从远方处飞来，插到了皇帝的龙椅上，吓得皇帝浑身发抖，当即叫来神官询问，神官说，怕是有天子要出，恐怕危及皇上帝位。皇上问何解？神官掐指一算说，这南边有48座天子山，皇上且派人寻手拿蓝旗之人，将他杀之即可。皇上立即下令，派大内高手前往民间寻访。

大内高手四处寻访，到处也没有看到什么手拿蓝色旗的人，寻到苏梅村时，却见一妇人背着一个婴儿，正在洗蓝色的帐子。顿时拔出武器向妇人刺去，妇人忽觉身体里注入了神力一般，与几个高手较量了一番，便沾沾自喜喊道，你们这几个大爷们也打不过我一个女人，待我放下儿子，好好教训一下你们。刚放下婴儿，一道寒光闪过，长剑就刺穿了妇人的心脏，而襁褓中的婴儿也被刺死了。

家人赶到后，看到妇人和婴儿双双被刺死，抱着尸体痛哭不已。这时听到正在山上砍柴的农夫大声叫道："楠竹园的竹子炸开了，楠竹园的竹子炸开了！"村民们都涌上山去看个究竟，只见楠竹园的竹子突然一节节的都爆开了，里面闪出许多个铁盔铁骑的士兵，大都一只脚踏上了大白马，而另一只脚还踩在地上，正要上马出征啊！

左邻右舍很痛惜，又奈何不得。这个妇人怀的正是一位真龙天子，而楠竹园的铁骑士兵正是保护天子的，可是天子夭折了。从此，天子山就没有出过天子了，只有山名一直叫到今。

猪门塘

黄本安

高马二溪村黄沙仑有个地方叫枫树山里,枫树山里下面是悬崖峡谷,名紫幽谷;紫幽谷下面有一条山溪,山溪里有一口塘,叫猪门塘,据老一辈人传,这个猪门塘原来是没有名称的,也没门,是一座高耸的整岩石在溪道里横中拦截,上游的水是从石隙中流出来的,后来有这个门,并取名猪门塘是因为和猪八戒扯上了关系。

猪八戒原是天庭玉皇大帝手下的天蓬元帅,掌管天河,相当于天宫的总司令,因为好色屡教不改,竟敢调戏嫦娥被玉皇大帝逐出天界,到人间投胎,却错投猪胎,嘴脸与猪相似,猪八戒是后来到西天取经唐僧给他取的法号。

猪八戒在没有跟随唐僧去西天取经之前,他觉得在人间倒也快活,常常肩荷九齿钉耙,驾着云头,到处游荡,寻花问柳。有一天,他来到黄沙村枫树山地段,被猪门塘的景象迷住了。

猪门塘面积约30多个平方米,碧波荡漾,深不见底。塘四围都是绝壁悬崖,由一色的紫云石有规则地堆积而成,大小形状左右对称,是鬼斧神工打造出来的艺术品。猪门塘的两岸是茂密的丛林,古木参天,枝叶扶疏,遮蔽着猪门塘的上空,中午的阳光也只能从树荫的空隙中筛入,塘水波光闪烁,光怪陆离。传说这个猪门塘被七仙女发现后,竟然喜欢上了这个地方,经常到这里来洗澡嬉戏,这一天正好被猪八戒发现了。

猪八戒是从云端眯着眼睛从树荫的空隙里发现的，使他着迷的不是猪门塘的自然景色，而是隐约看见了有几个女子赤条条地在塘里洗澡，以为是当地少女。他站到猪门塘岩石上，情不自禁地"哼哼"了几声。这下惊动了七仙女，一看是猪八戒，大家起来急忙穿起衣服，驾着云头一溜烟逃跑了。据说，七个仙女中有一个也曾经被猪八戒调戏过，是她和嫦娥女向玉帝告发的，才使他受到了惩罚，失去了官职，贬落人间，误投猪胎，变得人不人鬼不鬼的，所以他一直记恨在心。

猪八戒发现逃跑的七仙女中，有一个就是他曾经调戏过向玉帝告过状的，他气不打一处来。最后他想：你天天到这里图快活，你不给我快活，我也不会让你快活！他抡起九齿钉耙就在猪门塘的上方石壁上猛砸，砸得火星四溅，石块横飞，直到把塘基本填满，他才气喘吁吁地哼哼几声，驾云离去。

从那以后，人们就把这个塘称为猪门塘。

张公桥

张小毛

怀着敬仰和几分好奇之心，我从乡村老一辈人口中，终于得知了一个关于高祖父传奇的故事：高祖父张秀兰，籍贯新化，生于晚清同治年间，当年与亲兄弟一道跋山涉水来安化谋出路，由于其哥好吃鱼，把家安在了河边上，现在的大米溪。高祖父喜好劳动，就在黄婆洞石峇山落了脚，后称合兴大队，解放后又改名为黄婆村。高祖父通过多年的打拼，成为富甲一方的大户人家，年产稻谷八百余担，稻田面积延伸覆盖至现今的洞山、常房两村，号称当年"四都"三财主之首。长年雇用的长工达五十余人，年年的腊月三十，别人家放鞭炮，高祖父还带领着长工们在外开荒种地，可见其实干程度的确不一般。

一到榨油季节，高祖父家的上千担桐子果、茶子果要榨一个月之余，其他小户人家根本排不上队，为此，榨油坊的老板经常拒绝高祖父家的榨油业务，高祖父一气之下，自己动手修建了一个规模更大的榨油坊来供自家榨油，此举看得出当年高祖父的经济实力是不容小窥的。

一到春节，各地舞龙舞狮都会挨家挨户闹新春，队伍一到高祖父家，势必会被高祖父盛情款待（俗称会情），因人数较多，搭楼梯到天花板上取腊肉耽搁时间，高祖父会安排长工直接用长镰刀割断绳索，腊肉就好比下雨般往下坠，上百人的闹新春队伍，个个酒足饭饱，欢喜而归。

新化是全国著名的武术之乡，缘于此，高祖父的武功也甚是了得，一次到洞山开荒与当地人闹纠纷，他用拳棍击退上百人的围攻。平时练臂力的石手都是一百斤一对，现在都还摆放在小叔家。

高祖父一生娶妻众多，但早期所生全部为女儿，虽然这样，但张家的闺女是不愁嫁的，因为谁跟她们结了姻缘，高祖父只需要男方提供一块安身之地，所有生活用具、绸缎布匹、开销银两都由女方提供，并给予丰厚嫁妆一并随之。

没有儿子延续香火一直让高祖父耿耿于怀，后来逢一云游高僧点拨建议其"散金施善，以德求子"。高祖父感其言，遂散百金在当地修了三座气势恢弘的石拱桥。让人称奇的是，三桥修好，高祖父居然如愿抱得两个儿子，即我的曾祖父们。

当年高祖父修建的石桥，至今仍称"张公桥"。

龙泉洞

熊艳彬

据说很久以前，安化尚为蛮荒之地，被称为下洞梅山。山上树木苍翠，百兽遍地，洪水泛滥，人烟非常稀少。

相传东海龙王生有九子，老龙王溺爱幼子。幼子龙九敖生性好动贪玩，每天无所事事便到处游玩。有一次龙九敖化成大鱼，竟从东海进入长江，再沿长江过洞庭湖，在资水柘溪与马路接界的水域，不想与柘溪鲤鱼王后的三公主一见钟情。鲤三妹通身鲜红，温柔活泼，也确实让人喜爱。

龙鱼本为一家，同为水族类，年轻的龙九公子与鲤三公主终日厮守在一起，难免日夜共鱼水之欢，乐而忘记彼此的身份与岁月。

某天，上界轮值大仙太白金星巡查三界，突然发现水中的龙九敖与鲤三妹如此乱伦，实在有违仙规，乱了物类之间的情爱，不由得心头顿时大怒。即刻命令随行金刚拘捕，大声训斥："如此逆畜，如此不守天规物诫，成何体统！"

龙九公子年幼不谙事，根本不把太白金星放在眼里，一时暴跳如雷。"好你个白胡子老头，我们相亲相爱，龙鱼偕欢，关你何事？"

太白金星气得吹胡子瞪眼。

"好爷爷，我们错了，愿请您原谅我们吧！"鲤三公主却不同，泪滴涟涟，娇滴滴地求情,"我们也没做什么坏事,既没有残害其他生灵,也没有祸害人类,他爱我,我爱他,你就放过我们吧!"

太白金星事多,真不愿意这点小事耽误大事,再加上也不想把事件做得太绝,便吩咐两金刚押着龙九敖和鲤三妹上天,听凭玉皇大帝发落。

玉皇大帝这天心情高兴,见了龙九敖和鲤三妹,不待听完金刚的述说,忽然哈哈大笑。"这太白金星,这等小事也要来烦我?"众仙一听,慌忙跪下替太白金星求情。

玉皇大帝不理会众仙,更是笑得前俯后仰,低头问鲤三妹说:"小美鱼儿,你真的就爱这小龙儿?"

鲤三妹不住地点头,连声说:"我爱他,我真的很爱他呀!"

"那好,上天有好生之德。你们回下界去吧,想怎么爱就怎么爱。"

龙九敖与鲤三妹喜出望外,谢过玉皇大帝,就欢欢喜喜地腾云而降。一路上说说笑笑,尽赏天上地上难得的景观。

也许是冤家路窄,不料在路上却又与太白金星相遇。太白金星问明情况,觉得玉皇大帝处事凭心情,实在太随意,有些糊涂。不过他又不敢违抗玉皇大帝圣旨,便用手指朝云台山一戳,戳了一个小洞,随即又大手一挥,冷冷地笑着说:"好好好,你们去吧,想怎么爱就怎么爱,一生一世都守在一起吧!"

不待龙九敖和鲤三妹明白过来,一下双双跌落在洞里。洞里有水,景观奇特,但它们活动的范围受到了限制,再也无法到处游玩了。

一天又一天,一年又一年,不知过去了多少岁月,龙九敖与鲤三妹始终相亲相爱,幸福地在一起,生下了无数的龙子鱼孙。

后来,云台山的龙鱼洞被人们称为龙泉洞,成为了安化云台一处神奇的旅游胜地。

千秋界

孙文华

千秋界地处安化马路镇大旺村境内,说起这一地名的由来,还有一段不可不说的故事。

话说元朝末年,有一朝官年仅四十便白发苍苍。因不适于政俗,便弃官云游。一日,他来到马路镇大旺村,但见这里山峦重重,巍峨耸立,又闻林间鸟语,啾啾动听,涧间泉流,跌宕叮咚,不禁心生神往,阵阵迷醉。

遂环行了数十里,却不见一处人烟。他禁不住感慨:"如此绝佳之景,似独为老夫所设,这岂不是自己一直梦寻之所?"于是,他决定在此修筑茅屋草堂,开始过一种餐以野果,饮以泉茗,开荒造地,种以粮果,植以茶疏,朝琴晚书的生活。

神仙日子莫过如此啊,真是优哉乐哉,好不快哉!弹指间,过了天命之年,过了花甲,身体竟不觉有任何不适之处,眼不花,耳不聋,牙不脱,只觉身轻体健,精神矍铄,动如游龙,灵如猿猴,轻如云鹤。哎,如此福地洞天,养身、养心哪!

又有樵夫,不期遇到老人,见他童颜鹤发,疑是天上人也。上前打探,方知其在此造屋居住久矣,好品茗种茶,陶然自乐,遂戏称其千岁茶人。

明朱洪武登基,国泰民安。有一朝官体察民情于湘。此朝官,名权,晚号腥仙。一日,便至安化大旺村,闻此人,便亲历至其家。

恰逢千岁茶人这日七十五岁寿辰,在家正与樵夫煮茗相庆,悠然而谈。见有朝廷官员至此,千岁茶人非常吃惊,却不料,竟是昔日至交,忙邀座敬茗。一阵寒暄后,遂问权是怎么来到此地的,权曰:"今洪武大帝,举贤任能,天下有才能者无不归顺,今欲请友人出山,发挥余热,以济一方乡民。"千岁茶人曰:"弟美意,为兄心领了,只我年岁已高,无力从政,而此地风景又实难割舍,望弟莫再说此话。"权曰:"吾安不知兄性情,兄既然心意笃定,弟不说便是。"

权说完走出草堂,环视四方,只听松风吹过,鸣泉响起,晴空映着晚霞,薄雾穿过茅屋,便问老友:"这山叫什么?"千岁茶人曰:"未有名也,能赐否?"但见权略一沉思,便道:"今日正是君之寿辰,又被称为千岁茶人,就叫'千秋界'如何?""甚好!甚好!此山可名垂千秋也!"

遂邀权小住一日,权也不辞。第二日,权辞归,千岁茶人赠了他十余斤茶,并嘱咐他不要告知外人。权感喟,提笔赠友人诗一首,世传至今,诗曰:会于石泉间,工处松竹下;叙旧三十年,赠名"千秋界"。

从此,此地名为"千秋界"便流传开来。

望家冲

夏雨薇

马路镇的马路村,位于镇东北面,以前叫着望家冲。望家冲这个名字,听上去别有情韵,如此美丽的名字,是不是会有一个生动的故事呢?果然,通过打听,我听到了一个人们口口相传的故事。

相传元大德年间,马路口的潺溪坪住着一位读书人,姓邓名焕良。邓焕良娶了一位姓瞿的姑娘做老婆。这瞿氏在乡野长大,性子火辣。婚后不久,瞿氏便生下了两个男孩儿。邓焕良是个读过不少圣贤书的书生,便给两个孩子分别取名为子仁、子礼。两个孩子出生以后,家里的生活入不敷出,一家人常常捉襟见肘,连填饱肚子都难。瞿氏便在家里整日抱怨甚至斥骂邓焕良无用。幸而有位相熟的老乡看邓焕良光景困难,又识文断字,就给他介绍了一份教书的活儿。东家在益阳汪家河,邓焕良为了养家糊口,只得只身前去,留下妻儿在家。瞿氏虽然不愿丈夫离家,但也只得如此。临行前,瞿氏千叮咛万嘱咐丈夫:"你要一心一意教书,可不要在外面拈花惹草,早日回来啊!"

益阳这户姓汪的人家算不上是大户,但衣食富足,邓焕良在这里给汪家的孩子教书也能得到不少报酬。一段时日过后,汪家的老爷见邓焕良教书有成,人才品德都还不错,便想将自己的女儿嫁与他。汪家的人将这个意思说给邓焕良听之后,邓焕良连连摇头,说自己在老家已经娶妻生子不能再与汪小姐成亲了。汪家小姐外貌端庄,性格温顺,知书达理,她早就对邓焕良芳心暗许了。其实邓焕良心里也对汪小姐也有好感,但是惮于家中悍妻不敢答应这门婚事。没想到汪家人硬是看上了这个老实的读书人,而汪小姐更是表明自己愿意嫁与邓焕良为妾。这一来二去,邓焕良推辞不了,终于还是和汪小姐成了亲。婚后二人生活美满,汪氏也生下了两个男孩儿,取名为子章、子华。一晃几年过去,到元延祐年间,潺溪坪家里来信催邓焕良回乡。邓焕良便准备回家,汪氏也带上两个小孩儿随夫启程。

话说这瞿氏在家独自拉扯两个孩子,自然辛苦,心里只盼望着丈夫挣下钱早日回家。一晃几年过去,子仁、子礼都长大不少,两兄弟都忘了父亲的样子,对父亲思念甚深。这娘仨自从收到邓焕良启程回家的消息之后,便在家里日等夜等。只是他们没想到等回来的不光是邓焕良,竟然还有他在外面的老婆孩子。这个陌生的女人和两个孩子对瞿氏来说无疑是一个晴天霹雳,她对丈夫的盼望与期待全化作一腔愤怒。瞿氏怒目圆睁、面红耳赤,指着邓焕良和汪氏便破口大骂,任凭邓焕良百般解释,瞿氏仍然不加理会,干脆一屁股瘫坐在地上,一手拉着一个孩子号啕大哭起来,说如果邓焕良要带外面的女人住进家里就一头撞死。这汪氏见状也哭啼起来。顿时两个女人四个孩子哭声大作,左邻右舍看热闹的人也挤满了邓家的屋坪。邓焕良这时又苦恼又无奈,其实在回家的路上,他的心里就打起了小鼓,果不其然,妻子一见面就大吵起来,只是他没有想到妻子的反抗一直持续着,更让邓焕良烦恼的是现在子仁和子礼也不搭理自己。

回乡的这几天邓焕良度日如年,瞿氏一哭二闹三上吊,每天换着法儿吵闹,简直没有过一刻安生的时候。邓焕良带着汪氏和两个孩子无处安身,苦不堪言。最终邓焕良和汪氏决定,还是回益阳娘家去。邓焕良心中虽然对久未见面的两个儿子有些不舍,但也无可奈何。瞿氏是不可能答应他让汪氏和孩子住进家里的。

于是刚刚才回到潺溪坪的邓焕良又启程去益阳了。离开潺溪坪时,邓焕良和汪氏带着孩子走到一个无名山停住了脚步。汪氏回头望着潺溪坪对两个儿子说:"子章、子华,潺溪坪本是你们的家,你们可不要忘记,你们要常常记得,站在这里就可以望到自己的家。"这就是"望家冲"的来历。

听完这个传说,我就想,如今越来越多的青壮年人离开家乡去往大城市甚至国外谋生置业,在外面漂泊的日子越来越多,回家的日子越来越少。虽然不能常常回家看看,但在他们的心中也始终有着一份思念,始终有着一个"望家冲"。

青龙潭

刘银初

远古时代的蚩尤王被黄帝和炎帝联合打败,没有称帝,究其原因很多,最根本的有三点:第一,高估了自己的势力,低估了对方军力;第二,高傲自大,不用计谋,只用蛮力;第三,贪图美色,失信于民。

有一天,蚩尤王带领随从路过一潭,至潭前马骑突然咆哮,停蹄不前。此时蚩尤王只得下马察看,只见面前有一潭清澈见底的潭水。水旁有一女子长相可人正在浣洗衣服。

此时蚩尤王对该女子动了色心,行至女子眼前说:"小姐婚否?"该女没有直接回答,只是深深地叹了一口气,然后说:"在王必在帝也,帝必有鸿鹄之志,体民之心,清正之身也。"又说:"此潭清水,不管龙在潭中如何搅动,也无论下多大暴雨,潭水不会浑浊,青龙也不会变色。"接着又说:"大王若饮此潭清水,必励志天下,为万民之尊也。"

蚩尤王对该女倍加赞誉说:"本王有不及民女之处。"三天后,蚩尤王亲笔题写"青龙潭"三字在潭边。

其实该女不是民间俗女,而是碧波仙子特意启发蚩尤王,要想称帝就必须体民情,顺民意,不要贪图美色。

仙人洞

刘银初

在思游大兴地段的山下有一仙人洞（原名虎形洞），洞深数百米，洞内有清澈如镜的泉水，在一小沟里缓缓流向西方。特别是在洞顶有一块巨石，酷似人的心脏，脏心滴水不断。

传说如果老人们饮了此水，能强筋健骨，延年益寿，女人不能生育的喝了此水后就可以生双胞胎、龙凤胎；没有老婆的男人喝了此水后，就能找到貌美如花的爱人，幸福一生；就读的学子喝了此水后，就能学业有成，金榜题名。

因此自古至今有很多人来到洞中饮水。还有很多人把水带回家中，与家人同饮，以求全家幸福安康。此洞谓之仙人洞，是因为古代有很多仙人来过此处，如八大仙人、百花仙子、善财童子等。

有一天下午，倾盆大雨过后，洞上布满祥云，有一道彩虹直插洞中，伴着彩虹缓缓降入洞里的有英俊潇洒的美男，有腰系酒葫芦的醉鬼，有手持拐杖的老者，有身披莲花的美女，还有横笛着袍者。

一时间当地乡民议论纷纷，有的说这是仙人下凡的现象，但也有人说这是灾难来临的前兆。不管如何，都不敢进入洞中察看。只有一位年近古稀的老人，悄悄潜入洞中，看到几位仙人正在说话，好像是要决定做件什么事情，隐隐听到说思游的人民忠诚老实，勤于耕耘,品德良好,上天应该赐给他们一点财富,以示鼓励,到底是物质财富还是精神财富呢?听到此处,古稀老人贸然说:"二者兼有更好。"有位仙人立即站起来说:"满足你的要求,就赐一潭(青人潭)三湖(张家湖、莫家湖、大禾湖)四洞(萄洞、老虎洞、燕子洞、虎形洞)之水永不干涸,哺育万民。"

从此后思游有了充足的水源,除了可作生活用水之外,还用来灌溉农田、养殖鱼虾,给人们带来幸福。

古楼坡

方　益

在我的心中有这样的一个"名古迹",那是我从小生长的地方。我的大半个童年是在那儿度过的,那是我妈妈的家乡,那里充满了我儿时的回忆,它是我此生难忘的地方——古楼坡。

"古楼坡"这个名字说出去,大家可能会觉得怪怪的。说实话,我小时候刚听到时也觉得怪怪的,不过,当我知道它的由来之后,便再也不足为怪了。外祖父曾经告诉我,他们的祖先并不是在这土生土长的人,他们是移民迁居过来的,因为一次偶然的机会,发现了这样一个美丽的地方,后来便有祖先带着自己的家人来到这里生活。在他们观察完这里的地势地貌之后,他们发现这里共有48个大洞,99个坡,并且在这里有一条溪,但是奇怪的是,在这条溪的中下游,有4至5米宽,并且有着齐膝深的水,在溪的中上游却是滴水不见的。当时的祖先们便觉得奇怪,于是,就沿着溪往上走去探一个究竟。他们走着走着,便发现在水源下方有一块斜坡是大石板,在石板上有许多大大小小的洞,那些洞很美观,仔细看起来就像楼房一样。而从源头流下来的水,便也顺着这些大大小小的洞,流了进去,形成了地下水,地下水再漫涌上来形成溪。祖先们认为,这是古时候由于地质变化才形成了这壮观奇景。因此,便命名为"古楼坡"。

"古楼坡"这个地方,明清时代无人知晓。如今却人人皆知。这自然是和当地的名胜古迹息息相关。如今的古楼坡盛产茶叶,茶叶是中国有名的特产,中国以茶而闻名。随着茶叶的发展,古楼坡也因茶而美名远扬。

万羊寨

向东流

在安化县东山茶洞、阮东与新桥官仓交界的地方,有一座高耸的大山,四周险峻,山顶平宽,附近的老百姓都叫它"万羊寨"。这个名字虽然大气,但有点别扭。要查清它的由来,还有一个迷人的故事。

元朝末年,一个骑着高头大马的彪形汉子带着十四、五个人,从宁乡沩山蹿进了安化新桥。那大汉,真的大得吓人,脑壳有小鼓大,腿有水桶大,眼睛与牛的差不多。满脸络腮胡子,好像野兽。腰上斜系着一把大刀,手握着一根铁棍,威风十足,有万夫莫挡之勇。

大山脚下,有一个村院,名叫"松柏湾"。这里居住着十多户人家,家家还算殷实,小日子过得去。只可惜,会拳脚功夫的就那么几个,那群人马直逼这个村院而来,被一个在山上挖草药的老头子看见了,他料定是一群江湖土匪,来不及细细思量,匆匆下山回家。

对这个人,大人们都喊他"三爷"。他一到村口,便按照惯例紧急地擂响大鼓,紧连三通"镗、镗、镗",接着高呼"来土匪啦,赶快躲到山上去,带好油、盐、米和衣服。"就这样连呼了两次。

说时迟,那时快。乡亲们慌张而利索地收拾着生活用品,扶老携幼,陆陆续续地上得山去。

不多久,土匪进村了,第一件事就是捉鸡杀猪,找米下锅。正值寒冬,山上风大,气温很低。村里人搬来石头,垒起临时房屋来。砍下树,作为顶架。剥下树皮,削来茅草,盖在屋顶上。

时间一天天过去,眼看就要过年了,而油、盐、米快要用完。怎么办呢?急得三爷坐立不安,怎得想个法子呀?想呀想,终于想出来了,那就是:不可强攻,只能用智收复。三爷虽说年事已高,但精神蛮好,不减当年。他年轻时,功夫很深,为四川巡抚当过三年保镖。而今,他单手能举起两百斤重的石锁,对打时,身姿还灵如猿猴,就地一跳,手能摸着二丈高的檐皮子。他心里明白,该是大显身手的时候了。

他召来五个武术功底扎实的人,商议下山之策。最后,明确三条:一是练稳梅花桩,二是布下迷魂阵,三是抓住好时机。

这五个人日夜苦练,由生到熟,阵脚硬扎扎,似乎没有破绽。

说来也巧,山上放养着山下周围村院的好几千只羊,用它们当作难能可贵的"军火"。

大年三十那天,把山上的羊群赶到一块,在羊的尾巴上系着一个小小的棉球,并蘸上少量煤油。晚上12点钟,整队下山。羊群走在前,人们走在后。

来到山脚下,将大部分棉球点燃,羊并不感到灼痛,只是害怕得大叫起来。在人们的猛赶下,不得已向松柏湾涌去。土匪们看到这个稀罕的局势,吓得惊惶惊恐,顿时乱作一团。"五个梅花桩"速从羊群中挤过去,像梅花一样散开,步步为营,大开大合,跟敌人厮打起来。不到半个小时,对方一个接一个被打倒在地,村院就这样收复了。

为了纪念这次收复成功,松柏湾的乡亲们就把那座大山,叫做"万羊寨"。

司徒铺

向东流

安化是梅山文化的核心区,这里的土著被视为梅山蛮人。在古代时期,梅山地区人烟稀少,但性情剽悍,拒绝任何援助,几乎与外界完全隔离,成为了表面上没有取国名、立国王而具有实际意义的小王国。由于这带崇山峻岭,地势险要,历代朝廷对此鞭长莫及,官军难以大举进入。地方首领各据一方,建立部落,农时务农,战时作战,农战两用,游刃有余,不服朝廷管制,常与官军抗衡。据清代同治《安化县志》记载:"后唐明宗天成二年(公元929年),封马殷为楚国王,殷以潭州为长沙府……殷遣指挥使王仝与梅山徭战,死之。"

当时湘乡出了一个名叫王仝的将军,官任江华指挥使。他有诸葛之智,有万夫莫敌之勇,常在沙场显神威。他奉命率领队形长达两三华里的正规军,进攻梅山。当地左甲首领扶汉阳、右甲首领顿汉凌联手组队,率部迎战于安化高明与宁乡七里山交界的一座山岭口。没交手多久,梅山部队佯装败下阵来,往回逃跑。王仝号令乘胜追击,当来到九关十八锁时,忽闻山顶战鼓惊天,杀声震地,乱石像瀑布般倾泻而下,滚木铺天盖地而来,打乱了山腰部队的方寸。王仝顿时明白,已中埋伏。他连忙命令后面人马转移到一个盆地,才免遭不幸。连续几日,蜷缩此地,难以行进。有天晚上,王将军独坐帐中,忧虑揪心,往事不堪回首中。多少年来,南征北战,无不取胜。而今,困陷梅山险地,对方不用刀枪弓箭,只用乱石滚木,就使得人仰马翻,损失惨重。第二天天刚亮,王仝迅速差人送信,请楚国王速派援军。随后,整肃军队,调整部署,一支人马选择一个山岭安营扎寨,加强巡逻,防止袭击,另外派一支人马挑衅对方,引蛇出洞,以牙还牙,予以伏击。不到一个时辰,差人回营报告:"小人受将军之命,前去搬兵,行至十里处,遇到阻挡,一连跑了几个出口,同样被阻。我军已被重重包围,请王将军另想办法。"王仝正在大惊失色的时候,又有一兵来报:"小人在山下巡逻,收到一封书信,请王将军阅览。"他阅完,便怒不可遏地将书信撕得粉碎,厉声道:"我乃朝廷命官,怎能投降于梅山蛮子?"当即下了血战到底的决心。被围困一个多月后,粮草已尽,孤军无援,他不得不带领全部人马深夜突围,而梅山各关口都有重兵把守。激战到天亮,剩下寥寥无几的人马。他眼见大势已去,毫无回天之力,便咬破手指写下血书:"血刃交身奋勇前,君恩未报意犹坚。臣身甘作他乡鬼,留此孤忠照楚天。"写罢,纵身一跃,跨上战马,自刎而死。

他的坐骑很通人性,仰天长啸,往回狂奔,连续飞越三处关卡,抵达先前与敌军交手的那个山岭,忽地停住马蹄,王仝的尸首便从马背滚落下来。当地百姓感其忠勇,入棺装殓将其埋葬。宋神宗熙宁五年(公元1072年),朝廷平定梅山,置安化县。次年,皇帝追封王仝为嘉应侯,授司徒之职。当地村民为纪念王将军,便将那个山岭叫做"司徒岭"。

宋置县后,官方设置安化县城至湖南省府的驿站,十里一铺,在司徒岭设有一铺,称为"司徒铺"。

仙娘洞

李向阳

刘家冲是滔溪镇境内的一个小庄子,庄里零星散落着十几户人家。一条小溪在庄里淙淙流过,庄的四周是起伏的山峦和苍翠的树木。

庄里小溪边的一悬崖上,有一个山洞,叫仙娘洞。这个洞里幽深莫测,漆黑一片,曾有人斗胆走进洞里想一探究竟,但都半途而废,总感觉这个洞里阴冷,透露着一股神秘,令人望而生畏。

相传很久以前的一个冬天,一个衣衫褴褛面带愁容的后生无意中来到这山崖下,对着这个幽深的山洞唉声叹气:现在天气日渐寒冷,家里没吃的没穿的,可怜我那老母怎么熬过这个冬天?说罢,便凄然伤神地回了家。

说来也怪,第二天晨曦初上之时,这后生早早起床了。他想到附近的山上砍些柴卖掉,换些碎银,好给老母添置一件寒衣。当他路过这个山洞旁的小径时,惊讶地发现小径上竟然放着衣物和粮食,他感到不可思议,片刻之后他欢天喜地将衣物和粮食拿回来交给了母亲。

刘家冲山洞旁发现粮食和衣物的事情很快传得人尽皆之,于是,贫穷的庄里人如法炮制,半信半疑试着向山洞请求所借之物,没想到惊奇的事情在第二天凌晨时如愿地发生了!庄民们终于知道,他们生活在一个神灵庇佑的福地,这个洞不是一个简单的山洞,而是一个仙洞。个个雀跃不已,他们便给山洞取名"仙娘洞"。从那以后,每当人们在生活上遇到什么困难时,都会前来山洞燃上香纸蜡烛,然后向洞里顶礼膜拜,诉说他们所借之物,但都有求必应。俗话说,有借有还,再借不难。淳朴的庄民知道,仙娘洞里不可能白白地借东西给人,肯定要归还的,于是淳朴庄民等生活有了好转和起色时,便将所借之物悉数归还到仙娘洞旁边的山径上,在他们分神时,东西不经意间莫名其妙地消失了,就这样,仙娘洞伴随着庄里人的生活,为他们解决了一个个的燃眉之急,大家也都过着一种其乐融融的诚信生活。有次,庄里有户人家款待亲朋,缺少筷子和碗,主人便来到仙娘洞旁燃上香纸蜡烛,虔诚地向洞里跪拜求借筷子和碗。翌日凌晨,一摞摞的碗和一把把筷子整整齐齐放在洞口旁的山径上,在晨雾之中,散发着金灿灿的光芒,他感到非常惊奇。

宴席摆完了,是该将这批金筷子金碗还给仙娘洞了,主人踌躇不决,心有太多的留恋和不舍,他想这些筷子和碗是多么珍贵,如果自己拥有的话,从此生活与之前判若天渊,再也不会辛苦地向仙娘洞跪拜求借任何东西了,贪念恰如芳草,当主人在向仙娘洞归还这些金筷子和金碗时,便截留了一部分。之后庄民们如法炮制。终于有一天,庄民们再向仙娘洞借物时,等到日上三竿,仙娘洞旁的山径上始终空荡荡的,没有了任何动静,只有穿梭流荡的山风在鸣咽,似在叹息,更加意外的是,之前那些金筷子金碗全部不翼而飞了,庄民们终于醒悟过来,是因为自己的贪婪和自私而失去了洞里神灵对他们的信任和庇佑。一念之差,铸成大错,无可挽回,追悔莫及,从此庄里人的生活又陷入了贫困之中。

岁月悠悠,沧海桑田。如今的仙娘洞因为各种地质的灾害,洞口被悬崖之上垮掉下来的山石堆积得只剩下一条石缝了,而缝的四周,草木茂盛,但愿以此藏下玄机。

竹山坪

林小明

很久以前，云台山不叫云台山，而叫竹山坪。历史上，竹山坪也不称竹山坪，而是赵家坪，但村上却没有一户姓赵的人家。据说是因旧时的村口有一棵古老高大的皂角树，人们将村子取名为皂角坪，而皂角坪与当地土话赵家坪非常接近，便改成赵家坪了。村庄因处海拔797米之上，山峰陡峭，怪石林立，人烟稀少，常有野兽出没，是安化境内常见的原生态荒蛮之地。

传说很久以前，一个叫慧觉的和尚从远道云游至此，因路途遥远，饥渴难熬，加上连日的日晒雨淋，染了风寒，病倒在乱石丛中。直到傍晚时分，一妇人背着孩子经此回家，听到路旁有人呻吟，才得以相救。

妇人名叫阿云，她本不想多管闲事，但呻吟声逐渐变弱，便不忍离去。当她拐进乱石林里，看到躺在地上的慧觉气如游丝，生命垂危，便迅速从路旁的一兜野草上摘下一把叶子，快步回家。

阿云将野叶子洗净煮沸，还煨了一颗大红薯，动作麻利地用陶罐打好水并带上烤红薯来到慧觉身边，用汤匙一口一口地将水慢慢浸入他的口中，慧觉旋即苏醒，她还将那个烤红薯也喂给他吃，慧觉渐渐恢复元气，病痛除去了一大半。

慧觉因平时身体强壮，亦颇有内功，很快坐了起来。谢过之后，问阿云："这水里煮的是什么？汤呈浅绿，香气袭人，又甘甜可口，能提精神，还治好了我的病，是何等神药？"

旧时，男女讲究授受不亲，何况还是萍水相逢？阿云见他好转，不说一句话起身便跑，慧觉则爬起来尾随来到她家中。

他看到家里除了几个孩子玩耍着随地乱滚乱叫外，便只有一个老婆婆半躺在床上，忙拱手相问："主人在家么？"阿云这才开口说："我们都是主人，这是我婆婆。"说完便不吱声了。

慧觉连忙走近老婆婆问："老人家，我叫慧觉，从北方来，到这里迷路了，您怎么了？"

老婆婆看他是出家人，且又面善，便告诉他，儿子前不久外出时被老虎吃了，只剩下儿媳与一家老小一起艰难维持生活。

慧觉见这一家人可怜，便决定留下来帮助她们。他将自己的盘缠拿出来放到老婆婆床前说："老人家，今天多亏了你儿媳相救，才让我死里逃生，这些银子我一出家人也用不了这么多，您先收下，我去附近的地方转转。"说完，不等老人家说话，放下银子便走出屋去。

和尚来到"云台山"的山顶，见四面环山，峡谷连绵起伏，且周围还有可开垦的土地，靠耕种能养活自己，便搭起一个小佛堂，供上随身带来的一尊观音菩萨，利用自己从前学到的民间土方，采药制药，为当地老百姓医病行善。

他还从阿云那里打听到那种野草，即后来称之为"茶"的植物，将之移栽到附近的山上，并在方圆几十里开荒种植，即现在的古茶园。他在自己搭设的小佛堂里煮茶念经，不亦乐乎。为方便存放，他又反复琢磨，自行加工制作，形成了当时就远近闻名的红茶与黑茶。后来，人们为谋生存，从山上肩挑背驮将茶叶送至马路口，又租船只从资江水路出发，经唐家观运往益阳汉口再至内蒙古，销往俄罗斯，这就是闻名世界的"万里茶道"。

九龙山

邓志军

九龙山是坐落在八角塘外潺溪岸上的一排山冈,是云台山下一座有名的小山。

云台山北侧有九道溪流,栗木溪、晓溪、黑暗溪、易家溪、谢家溪、平家溪、红仙溪、江溪、鹿步溪,这些溪流从不同方向一齐汇入潺溪,潺溪注入茱萸江。很久以前,九道溪流漫溢,经常侵袭沿岸的农田、庄园,给当地人们带来巨大的灾难。那一年,龙王爷接到禀报,潺溪流域因洪灾毁损严重,良田被冲成沙滩,庄稼、牲畜被洗刷进河流,当家的带着一家老小外出讨饭,饿殍遍野。

这一天,正是龙王爷生日,龙宫热热闹闹的。龙王爷差遣龟将军火速前往,探明情由。

龟将军驾着云雾不一会便来到了云台山上空,乘着风往下降,到了潺溪边,背上晴空万里,脚下白云缭绕,云下却暴雨倾盆。一个老婆婆坐在河边哭,龟将军立即化作一个青年问路者,走上前问妇人:"翁妈,为什么一个人在河边哭?"妇人告诉他,她家的猪被淹死,牛被冲走,田地被冲毁了,本指望着粮食丰收吃饱饭的,现在只是望水兴叹,而男人躺在床上几个月没下床了。她说,龙王爷降雨怎么就不均匀啊,云台这个地方年年暴雨,年年灾难,叫我们怎么活嘛,管水管河怎么就不管我们这些人呢?说着就往河里扑,龟将军连忙抱住老奶奶,帮她擦干眼泪,送到家里。

龟将军循着河流往上查看,他来到沅陵、桃源、安化三县交界的地方,这是鹿步溪的

源头。鹿步溪的土地菩萨一眼就认出了这个钦差,明白他的来意,还没等龟将军问及,土地菩萨就把河妖闹水的事告诉了他,并且有些愤愤不平。

事情是这样的:

茱萸江河妖已经体衰力弱,老眼昏花。她听说吃了鹿茸能够强健身体,能够明亮眼睛,便顺潺溪来到鹿步溪,看见一群鹿,在一匹七岔犄角公鹿的带领下到溪边饮水,这里的溪水清澈如镜,山上的树和花草映在水里让它们分不清是投影还是现实,其中两匹小鹿还对着溪水左瞧右看,小鹿时而宁静地欣赏自己俊俏的面容,时而抬腿做腾跃的姿势,顾盼间,完全不清楚这是在野外,它们早被坏蛋盯上了。危险就在一瞬间,河妖趁它们不备猛的扑过去,说时迟,那时快,"停下!"一声断喝,有人挡在了中间,河妖一看,是山神。她辱骂山神"不得好死。"责问他为什么坏了她的好事。山神掌管着这一方的山林,他对他治下的草木与动物都非常的怜爱。尤其偏爱鹿,他爱它们的安分,爱它们的团结,爱它们美丽的外形和善良不招事惹事的性格,他不能容忍别人侵害它们。所以云台山的猎人从来没猎获过一匹鹿。猎人也一直找不到原因，为什么经常打到野猪，也偶尔捕获过虎豹，就是打不到鹿。而河妖要吃鹿肉、鹿茸的想法由来已久，三年前的夏天，她就来寻过鹿，也看到过这匹美丽的公鹿，当时，它的犄角还只有五个岔，她去追捕它时，公鹿记起了妈妈的叮咛，在逃难时它把犄角往旁边的岩石上一碰，角断了，血流如注，看到飞溅的鹿血，河妖被镇住了，她知道这样出血的鹿茸已经失去了它的价值，河妖也就放弃了追逐，那一次她悻悻的离开了这条河流。联想到当年的追寻，这一次的被拦截，河妖便暴跳如雷的指着山神咒骂，然后翻江倒海的发泄一通。于是就有了前文所述的灾难。

龟将军把他看到的和土地爷说的一五一十地禀报了龙王爷，龙王爷怒不可遏："岂有此理！"龙王爷很少发怒，他的声音惊得他的孙子一拥而上，围住爷爷，要去惩罚那个家伙。当时，龙孙们正在玩人间小孩的游戏——老鹰抓小鸡。他们羡慕人间的小孩儿，认为人间才是真正的极乐世界，比他们去过的天宫，去过的地府，长期生活的龙宫都要快乐。龙王爷叫住大孙子，要他带领兄弟们去云台山巡视河流，有事替爷爷做主。孙子们欣然答应，这是他们第一次受爷爷之命去办事。兄弟们一个个跃跃欲试，他们早就盼着这一天，为爷爷做点事。

龙孙们腾云驾雾来到茱萸江，来到潺溪河，兵分九路来到各条溪流。龙孙们看到了河妖，大家一哄而上，扑向河妖，河妖起初不想得罪九兄弟，但见他们根本不和她说话，便青面獠牙，凶相毕露，但哪里是他们的对手，龙孙们你一爪我一爪的就把河妖抓得遍体鳞伤，河妖狼狈逃窜。

太上老君满意龙孙们的作为，让龙王爷召他们回去。不知是为了震慑河妖还是纪念龙孙们初出茅庐的功绩，就在八角塘外边的潺溪岸上用泥土塑上了九个龙孙的模样，人们称之为九龙山，由于有了九龙山，潺溪流域风调雨顺，成了富庶之地。

家风家训

耕读相传

李定新　陶稳固

清道光年间两江总督陶澍出生在安化河曲溪,淘家世代为农。至太高祖陶耀祖"方有干略,手置十余庄",又"好读书,建馆延师",自此家世耕读相传。曾祖陶崇雅,耕读为业,兼做茶商。有子六人,兄弟分家后,家道衰落。祖父陶孝信赠儒林郎、翰林院编修。父亲陶必铨自幼颖悟,博学多识,然"省闱十次,终不遇",终生以教书授徒为业。也因此对陶澍寄予厚望,务必用心攻读。陶澍的名字寄托了父亲望子成龙的意愿,展示出"以泽苍生"的前景。有得如此,陶澍曾自称:"少时尝拾薪、摘茗叶,市米以就学。""出自草茅,耕读相承。"

陶澍幼年,和普通农民家的儿子一样,常常参加一些力所能及的劳动,所谓"陶子少贱,牧于斯、樵于斯、渔于斯,且耕且读。"(《陶澍集》下册第39页,岳麓书社1998年出版)但他从小聪慧过人、志向远大。7岁随父读书,"自幼跬步弗离"。先后在江南红泥田、安化学宫、益阳等地读书。

13 岁代父为榨油坊作联:"榨响如雷,惊动满天星斗;油光似月,照亮万里乾坤。"以其才华和志向震动乡里。19 岁与黄德芬结婚。婚后仍随父赴石井读书。妻子黄氏在家操持家务,亲躬纺织,照顾弟妹,克勤克俭,家风清正。

必诠自考中秀才后,一连九次参加乡试,均遭落第。这年正是嘉庆五年秋闱,陶澍年到十九岁,十八岁已中秀才,父子二人同伴搭船去省城长沙赶考。说来凑巧,陶澍刚跟着父亲踏上船头,一只乌鸦从空中掠过,一泡乌鸦屎不偏不倚,正好落在陶澍头顶上。当时,出门人都想图个吉利,父亲看到儿子遇到这种倒霉的事,大为扫兴,连脸色也变了。陶澍却若无其事,随口吟道:

双脚踏船头,乌鸦天上游。

不是乌鸦屎,御笔点龙头。

必诠一听,转忧为喜,高兴地说:"看云汀伢圆得多好。"

同船的客人哈哈大笑,都说:"陶秀才此去必然高中。"

乡试结束,陶澍随父亲住德昌客栈等候佳音。三天过后,陶必诠实在沉不住气了,便对儿子说:"今天已是发榜的日子,你快去看看。"陶澍看榜回来,却不动声色。必诠着急地问:"榜上有我的名字吗?"

陶澍只是摇头。必诠又问:"难道有你云汀伢子的名字不成?"陶澍扑哧一笑:"御笔点中了的当然有名字呀!"

必诠想到自己十次考试,均遭落第,澍儿却一举成功,真是先生的眉毛比不上晚生的须啊。从此,便灰心仕进,而把希望寄托在陶澍身上。

教子有方

黄正芳　李良轩　谢国平

据《罗绕典年表》记载，道光二十二年（1842），后官至云贵总督的安化大福人罗绕典远在山西任按察使和布政使，他想到了家乡的边远落后，想起许多学子因家庭贫困而失学，甚至有许多优秀学子因无盘缠而无法赴省、赴京应考，以致丧失美好前程。于是，他用自己的俸禄在安化县老县城（现梅城镇）买了18亩良田，捐献给母校崇文书院（现安化一中）用作"科举田"。他在诗词中说："我本耕田夫，戴笠湘山曲。"他始终没有忘记自己是大山里走出来的农夫之子！

相传，罗绕典由于自己年少刻苦，对两个儿子的教育也很严格。长子罗涛性格诚实敦厚，次子罗勋有点跋扈、贪玩。当时，两个儿子都在太史曾心斋门下读书，罗绕典交代老师要严格管教。然而，罗勋对父亲的要求有时视而不见，但若罚他背诗，他能倒背如流；罚他作文，他能一挥而就，老师也常常拿他没有办法。一天，罗绕典有闲突然来至书斋，唯罗涛在读书，罗勋不见其踪。罗绕典便书一联于桌上："双手应打五百板。"罗勋归来,老师曰:"令尊大人到此,有联待对!"罗勋一见,笑了笑,在联旁书对曰:"一心想耍两三天。"次日,罗绕典复来书室,见联已对,便说:你兄弟俩做诗一首,可以免打。罗勋见已过关,忙请父亲出题。当时正值天寒,室内炉火正旺,罗绕典指了指炉火:"就以炭为题吧!"罗勋步行不到七步,曰:一抹黑时原有骨,十分红处便成灰。罗勋得意地望着哥哥,只见罗涛不急不慢望着炉火脱口而出:花开富贵通红处,便是功成身退时。

罗绕典听后,觉得对仗工整,遂赞道:"好!好!知足不辱,乃我罗氏家风!"

民国二十四年(1935),受先祖罗绕典义捐"科举田"帮助母校之善举的感召,正在民国政府工作的罗氏后裔,应大福镇教育之所需,将罗绕典小儿子罗勋所修建的"上罗家大屋"一半进行捐献,设立为"大福中心国民学校"(现大福镇中学)。

他们这种心忧天下,家风相传,报效桑梓,不忘根本,实为"扬力有年、实心任事"的家风典范。

重教育才

黄安石 黄正良

"科第原无种,文章自有凭。"这是清代著名书法家黄自元故居(出生地)"鸣鹤堂"前的一首励志联,为黄自元高祖黄时帱所撰书。黄时帱自幼苦心耕读,一心想通过自己的努力改变命运,"然攻举子业,屡试不第"。于是他将创业兴家的希望寄托到家族其他人身上,创办家塾,题联"科第原无种,文章自有凭"激励他们,就是这首励志联,影响了几代黄家人。

嘉庆十六年(1811),黄时帱的侄子黄崇光中进士,任过道光皇帝和陶澍的老师,他秉性刚直,不愿到朝廷为官,只愿为家长教授生徒,曾任宝庆府教授,后主讲湘阴仰高书院和常德朗江书院,文名益显,诗书皆精,著述颇丰。

黄崇光一生生活清苦,秉承"节俭以制用,宽厚以处人,果毅以立德,恬淡以怡神"的家风家训和境界,俯仰自如。有一次他的学生、两江总督陶澍回乡省亲,来看望恩师黄崇光,陶澍看到自己的先生为培养人才,生活如此清贫,慷慨将自家在桃江泗里河的田产赠送给黄崇光,以谢师恩。

继黄崇光之后，黄自元的祖父黄德濂于嘉庆十八年（1813）中进士，选翰林院庶吉士、散馆授翰林院检讨，充国史馆纂修官，后任监察御史。黄德濂与陶澍当时同在京为官，俱致力于经世之学，探求当世急务。他关心吏治民风、河工水力、救灾赈济、边防军事、清剿匪盗等问题，勇于改革弊政，办事雷厉风行，因而成效显著。左宗棠曾在安化陶澍家居住了八年，对黄家也非常了解，在黄德濂死后撰写其墓志铭，左在详细记述黄德濂生平事迹后，综合其一生，赞叹曰："诚奉职、勤抚字，氓所怀，悃幅吏，贤有文、仁而武，嗟劳臣、瘗兹土，川为陆、陵为阿，石可烂、铭不磨。"左宗棠对黄德濂的逝世是非常痛惜的，其评价也是十分中肯的。

在前辈影响熏陶下的黄自元，书名满天下，相传为"字圣"，其字帖《间架结构摘要九十二法》《正气歌》等家喻户晓，即使是零缣片纸，也价值不菲，人们争相收藏，无论是士大夫和民众都以得黄自元墨宝为荣，一时洛阳纸贵。

光绪二十年（1894年）黄自元堂侄黄凤岐中进士。黄凤歧文治盖世，武功高强，曾任清廷虎神营教练。

龙塘"古松书屋"为黄自元高祖黄时幬所创，是县境最早的书屋之一。从这个书屋走出了4名进士，30余名举人，不可胜数的秀才（廪生）。有入仕三至九品官员50余人，被朝廷封赠大夫12人，授道台知府同知8人。黄时幬创办书屋的初心，本"不为科名计"，只想培养经世之才。

家国情怀

陶金生

龙锡庆是清同治年间从安化走出去的一名朝廷重臣,曾登上湖北按察使、浙江布政使的官位。他的清廉也很有名,这与他经受良好的家风熏陶有关。十九世纪中叶,陕甘一带发生暴乱,龙锡庆弃笔从戎,辅佐时任陕甘总督左宗棠平定叛乱,立下了赫赫战功。之后,龙锡庆被任命为甘肃西宁知府。上任前一天,他接到父亲的手书,说是龙家子弟又出了个当官的,可喜可贺!但千万不能够忘记"伯高公"的族训。谁是"伯高公"?根据龙氏族谱记载,这位"伯高公"就是龙伯高,是龙氏一族的先祖。东汉名将马援在《诫兄子严敦书》中称赞他"敦厚周慎,口无择言,谦约节俭,廉公有威"。从此,这十六字就成了龙氏族训。龙锡庆决心严加自律以振民风、正官风,一上任就写下自律对联告白于天下。大堂的对联是:要一文非分钱,幽有鬼神,明有国法;作半点昧心事,近报自己,远报子孙。二堂的对联是:无功于国,无德于民,若犹华食美服,有何面对尔父老;为臣要忠,为子要孝,每当夙兴夜寐,以此心报我君亲。

面对满目疮痍的国家,龙锡庆立志要使人民安居乐业。这一"国体为重、国事为大"的思想,在他三十多年官场生涯里一以贯之。

督军瓦窑堡时,一次,龙锡庆带兵外出杀敌,不想堡中发生动乱,当他赶回来时,匪酋已经纠集叛勇攻下城池。城外的龙锡庆"即具衣冠北向再拜,自缢于堂侧,遇救获苏"。他以死明志的行为得到了朝廷"忠义可倚恃"的褒奖。

龙锡庆在梅城筑有"退思草庐"。房子修好后,他请一私塾先生书写屋名。龙对先生说:"《左传》有云:进思尽忠,退思补过。对于君王的优点,要顺应发扬;对于君王的过失缺点,要匡正补救。我这简陋的房子就叫退思草庐吧!"从此,"退思草庐"四个清雅肃穆楷书大字一直悬挂至文革时期。据说,当年钦差大臣来传旨龙锡庆任资政大夫时,见草庐虽是新居却简陋得像农舍,内有鱼塘一口,菜地两分,家人耕读,怡然自乐,地方官来访,便用自产菜肴招待,清茶淡饭而已,钦差甚是感动,还专门向光绪皇帝禀报过他的忠贞。

龙锡庆十分注重家风的传承,他认为宅心仁厚是做人的根本,周到小心的人处理事情就会抓住要害,谦逊守约的人对人也会恭谦有礼,节俭的人就能够遵从自己的操守。他多次强调安化龙氏应该诗礼相承,"正人心为本,择地利次之;成家教为上,矜族望者下。"意思是:正人心是根本,依靠有利环境次之;有良好家教的人为上,仗着家族名望自大的人为下。

1894年,甲午中日战争爆发,龙锡庆调任湖北按察使、布政使。在《重修龙氏谱序》一文中,他写道:"而值倭奴之乱,武昌上流重地,军书旁午,日不暇给,忧国念家,我心如熏。"武昌是军事重镇,国事不能拖延,他拒绝了担任龙氏续谱主事一职。当时,湖广总督张之洞提倡洋务运动以富国强民,而龙锡庆却认为甲午一战失败的根本原因还是在人,在吏治。他没有走上实业救国的道路,殚精竭虑地推进"重察吏以安民,奖廉能而澄吏治",以实现自己的抱负。他的孤军奋斗不可能挽救岌岌可危的清王朝,但"整顿吏治"却切中肯綮,至今都很有现实意义。

龙锡庆人生的最后一站是在浙江布政使任上,即使病入膏肓,他还新刊印《范忠贞公全集》,为没落的中国开出药方。范承谟,谥忠贞,清朝初期人,三藩之乱时,范承谟拒不附逆于耿精忠而遭囚禁,最终守节而死。龙锡庆读过范承谟的诗文后,觉得他的作品里扬忠爱之忱,鼓士民之气,世道人心显而易见。当时,士大夫层面都沉浸在失败后的颓废和恐惧之中,龙锡庆认为需要有更多的范承谟式的人物站出来,扶即倒之大厦,振萎靡之国家。可惜,他因操劳过度而死于任所,瞑目之际,手上还握着刚刊印的《范忠贞公全集》。

农茶实学

陈辉球　欧阳建安

在安化茶乡古镇小淹沙湾村,彭氏是历史最久远的大族,其先祖在宋元之际由江西泰和县迁湖南,先后聚居于宝庆府(今邵阳市)、常德府(今常德市)等地,后有一支迁安化小淹,称为"沙湾彭氏"。沙湾彭氏历代诗礼传家、勤耕苦读,到第16世时已经是清朝末年。光绪三年(1877)沙湾彭氏第17世彭国钧先生降生,并于21岁时(1898)考中秀才,两年后入长沙岳麓书院深造。在列强虎视、国运艰难之秋,彭国钧笃信教育救国,考入明德学堂速成师范,从此投身教育达半个世纪。而正在彭国钧改读师范之时,光绪二十八年(1902),他的长子彭先泽也出生了。父子二人,一个矢志教育、培养人才,一个实业救国、践行农学,承前启后,交映生辉,成为优良家风熏陶成才的救国典范。

在父亲的影响下,彭先泽自小立下实业救国宏愿。目睹千年茶乡安化县因茶叶制作水平低下而困顿,1919年,年方17岁的他毅然赴日本留学,入九州帝国大学专攻茶业和农业长达八年,期间出访朝鲜,熟谙多国语言和文化。

1927年，彭先泽学成回国，满怀报国壮志任教修业农校，主编《修农月刊》，以教育为平台，与父亲一起探索中国农业发展道路。先后培育水稻"小南粘""修农1号""修农2号"等优良稻种，并进行推广。当时具有影响力的北京《独立评论》称："湖南水稻改良，修业开先河。"1934年，修业农校发展成为高级农业职业学校，设立茶业、农艺专科，并设茶叶实验场。聘请经营茶叶名商和有经验的老茶农，集思广益，组织教学力量，以图我国茶叶生产的复兴。修农当年设立的茶业科，成为除复旦大学外，全国第一所开设专门茶业科的高等农业学校，在国内享有很高的声誉。

1931年，他调任国立浙江大学农学院教授，次年又兼任江苏省松江水稻试验场场长，从事水稻科学研究与教学工作，推广稻作优良品种。1935年，他编著的《稻作学》被列为商务印书馆出版的大学丛书之一，被浙江大学等高校作为大学教科书。此外，他在水稻科学方面的著译还包括《气象学》《水稻之育种与遗传》《今日之作物育种问题》《辽吉黑三省之稻作》等书，堪称我国当时稻作专家。

1939年5月，他采用木质机械压制黑砖茶，样砖试制成功，送请财政部贸易委员会检验。6月复电："样砖色味俱佳，速洽茶商，集资建厂，大量压制。"7月，他亲手设计手摇压砖机样图，与湘潭机械厂商讨试制手摇压砖机。1940年，在安化建立湖南省茶叶管理处，租用江南镇德和庆记茶行建加工作坊。1941年7月，首批砖茶10万片出厂西运兰州，获得各方好评。为了开辟安化黑茶运销市场，他冒着战火硝烟，两度赴西北市场考察调查，绘制从安化运抵苏俄恰克图、兰州、西安等销区水路陆路运输线路图，使安化黑茶冲破日军封锁线，缓解了西北市场茶叶需求，推动了安化茶叶的经济发展。

1941年秋，中国茶业公司湖南办事处收购安化黑毛茶，原打算从益阳起运至宜昌、重庆、广元转至西北销场，因宜昌失陷，此批茶阻滞于沅陵、桃源之间，为支持抗战，缓解边茶矛盾，他与员工一道夜以继日，抓紧生产，1942年1月将全部茶叶代压成砖45万片，分别在同年9月及时运抵交货。并在桃源沙坪设立分厂，除代压中茶公司砖茶外，推动湘西砖茶事业，适应战时外销砖茶产量。为缓解民族纷争，缓和边销矛盾，增进各少数民族团结，做出了积极贡献。解放后，湖南黑茶边销茶作为一项政治任务定点生产。白沙溪茶厂成为全国首批边销茶定点生产厂家。从此,安化黑茶成为架构民族桥梁的团结之茶、民族之茶。

1942年5月,经省政府299次常委会同意,彭先泽博得投资600万元,增设茶行,增辟加工场10个,增置机械设备。同年9月,接着在酉州增设分厂(安化茶厂前身)。1943年中茶公司电令俄销砖茶600万斤。1947年4月,在白沙溪设安化制茶厂。

从1939年到1951年,彭先泽潜心研究,将实践上升为理论,列于书本。踏遍安化及周边桃江、新化、溆浦等山山岭岭,甄别茶质、土壤、气候、光照与茶叶的影响,区分茶叶品类等级、制作工艺流程,遍访安化所有茶坊、茶埠、茶行与茶庄,著述了《茶叶概论》《茶叶行政》《安化黑茶砖》《安化黑茶》等黑茶专业理论著作,有"中国黑茶理论之父"之誉。

自立风范

王青山

李聚奎(1904—1995),原名李新喜,湖南省安化县原蓝田镇西坪村(今涟源市龙塘乡新石桥村)人。1955年7月调任石油工业部部长,1958年被授予上将军衔。

李聚奎从士兵到上将,一步一个脚印,靠的是坚定不移的必胜意志,靠的是自强不息的精神支撑。1935年9月9日草地分兵,李聚奎滞留在红31军担任参谋长,后又调任红9军参谋长,最终去了西路军。西路军全军覆没,他只身带着一只干粮袋、一个指南针,靠着革命的信念于1937年2月回到红军队伍。

李聚奎对自己要求严格,对子女也严格要求。作为上将,他没有为自己的子女和其他亲人安排过一份工作,没有要求组织给过半点特殊,并拒绝接受下属的任何有违党性原则的安排。在总后勤部工作时,有一次家乡来了人,言谈中说到生活困难。当时在总后勤部任职的某领导从李聚奎的秘书处打听到情况,从掌握的经费中提出几百元给了李聚奎的家乡人。李聚奎得知后大发雷霆:把我李聚奎当成什么人了!硬是责令家乡人退回了钱款。

1985年底,病中的李聚奎在一份军史资料上发现了《三大纪律八项注意释文》,立即戴上老花镜,一笔一画地把这篇文章抄写了5份。1995年6月25日,李聚奎去世。弥留之际,他把5个在京的儿女叫到床前说:"我,一个老共产党员,一辈子为信仰奋斗,没有个人私产。"他颤颤巍巍地把《三大纪律八项注意释文》交给子女,告诫子女一定要遵纪守法。

李聚奎在功劳簿上十分低调,但对待是非问题却立场鲜明。1930年在"左"倾路线的影响下,他被诬蔑为"AB"团,在残酷的"审查"中始终不改变革命意志。1935年6月调红四方面军任职,他对张国焘的分裂活动进行了坚决抵制。在大跃进年代,他对石油产量一是一,二是二,半吨指标也不愿虚夸。保持低调不张扬,坚持真理不动摇,李聚奎用自己的行动为子女树立了良好的榜样。

身教言传

杨腾贵　贺文英

夏甄陶，1931年生，湖南安化羊角塘镇人，教授，博士生导师。1992年起享受国务院特殊津贴。主要研究方向为中国认识论史、马克思主义认识论和人学，是中国当代著名哲学家。

夏甄陶是安化羊角塘人，在学术上取得巨大成就，根源在于他一心为学术的做人哲学。他胸怀祖国，志存高远，做事认真，治学严谨。在生活中，他朴实简单，为人谦和，从不追逐、计较私利。他在一首词中写道："遥想当年严子陵，富春江畔作渔翁。轻利禄、贱功名，一根钓竿寄娱情。"他为学孜孜以求，当仁不让，为人低调谦和、淡泊名利的品格，在当今时代浮躁喧嚣的社会环境中尤其令人钦佩。

有一次他的女儿夏昀带着自己同学在家里玩，正逢夏甄陶出差回来，父亲与夏昀打了声招呼，但一头扎进书房。同学感到很奇怪，在外出差多日，舟车劳顿，为何不休息一下？而夏昀早已见怪不怪，父亲对学术钻研的热情，几十年如一日都是如此。"父亲在治学方面的态度特别严谨，他很自律，而且生活也很有规律，从我记事起，他基本上每天8

点就开始在写字台工作,晚上也有阅读习惯,一般看书到十点多。"夏昀表示,早年父亲的求学之路比较坎坷艰辛,在生活中一直勤俭自持,要求子女读书为重,看轻物质享受。这种为学态度与读书重教的家风,很大程度上影响了自己与哥哥、弟弟。

夏甄陶三个儿女在学习上都很自觉、自律,表现出对读书的热情与对知识的渴望,成绩都相当优秀,各自考上不错的大学,成为名副其实的书香之家。进入大学,夏甄陶经常勉励他们,要抛去杂念,在学业上有所建树,做一名对国家有用之人。三兄妹也不负重望,在各自的领域学有所成,大儿子夏稷在北京师范大学就职,二女儿夏昀为中国科学院大学物理学院党委书记,三儿子夏旭经商。

如果说对子女的言传身教达到润物细无声的效果,他对学生的情感就如他在一首词中所言:"天有情,地有情,但愿人间情更浓,协和天地人。"他思想深邃,影响广泛,师德垂范,热爱学生,诲人不倦。他对学生的治学要求非常严格,同时也充满关爱。有一次一个学生筹备毕业论文(一本厚厚的专著),审稿时间比较紧迫,当时夏甄陶患了重感冒,但本着对学生负责、对论文负责的态度,硬是强撑着每天挑灯至深夜,一个月下来,稿子修改完了,人也瘦了一大圈。他的学生有许多现在已成著名学者。桃李不言,下自成蹊。2014 年先生去世,在追思会上,念及先生的深情关爱,学生们泣不成声。

先生虽已离世,但言传身授的态度一直在延伸,其严谨治学的精神得到传承,引领着后辈们攀登一个又一个高峰。